CELIA LAIGNEL

Comment être le seul déchet dans ta maison

CARNET DE BORD D'UNE TRANSITION ÉCOLOGIQUE, RÉALISTE ET FUN

USTRÉ PAR
ANKEY

LA MAISON hachette PRATIQUE

À Léo et Elo,

À mes parents,

À ma petite sœur,

CELIA LAIGNEL

Comment être le seul déchet dans ta maison

Illustrations
Mikankey

Sommaire

Introduction

Par où commencer ?
Comment m'y prendre ?
Où aller faire mes courses maintenant ?
Est-ce que je vais avoir le budget ?
Qu'est-ce que les autres vont penser
de mes changements ?
Qu'est-ce qui est vraiment utile,
ou au contraire une perte de temps ?

Voici un aperçu du, excuse-moi du terme, BORDEL qu'il y avait dans ma tête lorsque j'ai commencé ma transition écologique. J'étais paralysée par mon manque d'informations, et complètement perdue quant à la manière de les trouver. Alors pendant des mois, j'ai fouillé, cherché et glané toutes les données possibles et imaginables : Internet, bouquins, documentaires, études, entourage, aucun terrain n'a été épargné. Et comme je suis née avec un stylo dans la main **(j'exagère à peine)**, j'ai tout écrit. Pendant des années, j'ai noté dans un carnet mes réflexions, recettes et astuces autour de l'écologie, afin de m'y référer si nécessaire. Besoin d'une recette de lessive, **PAF !** Repenser ma consommation de vêtements, **PAF !** Choisir un sex-toy aussi bon pour la planète que pour moi, **PAF !** Le bordel initial est devenu plus joyeux.

Et comme je ne suis pas du genre à la jouer perso, j'ai eu envie de proposer mon carnet. Non, en réalité, j'ai eu envie que, toi aussi, tu puisses tenir ton propre carnet : noter tes trouvailles, apposer des marque-pages sur tes chapitres préférés, le feuilleter, le lire d'une traite, le poser, le prêter, le trimballer. Qu'il devienne tien, pour que cette transition soit tienne.

En passant par les différentes pièces de la maison, tu trouveras tant des astuces pratico-pratiques pour un quotidien plus éthique, que des points sociologiques et psychologiques liés à cette problématique. À mon sens, le changement se doit d'être global et intersectionnel pour être durable et paisible.

L'idée, c'est de t'approprier le propos avec tes possibilités et tes limites, le tout saupoudré d'un humour satisfait ou remboursé (mais ne demande pas le remboursement s'il te plaît, je suis beaucoup trop susceptible pour ça).

En espérant que cet ouvrage devienne ton livre de chevet (et pas un cale meuble).

Amour et sac à vrac sur toi !

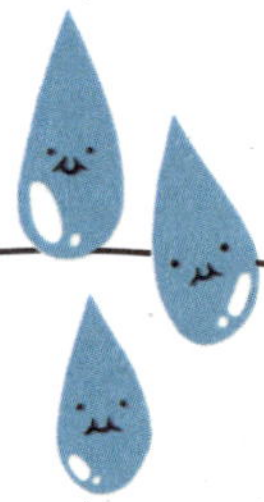

LA SaLLE de BAins

LOVE
Chéri !!! :< où es tu ?!!!! :(
Sorry bebs!
je pars là ! :)
À toute sui

LA SaLLE de BAins

Selon un panel très rigoureux de trois personnes dont moi-même, la salle de bains est la pièce par laquelle beaucoup commencent à mettre en place de nouvelles habitudes. Et pour cause, il ne s'agit pas de changer (trop) radicalement de mode de fonctionnement, mais plutôt de remplacer certains rituels. L'idée, c'est de posséder moins, mais mieux, avec des produits naturels, réutilisables et multi-usages. Bon, je te préviens, il s'agira aussi de questionner ta consommation d'eau et ton impact dans la pollution des nappes phréatiques mais,

PAS DE PANIQUE,

tu y trouveras des idées d'actions accessibles avec douceur et second degré pour permettre à la pilule (biodégradable) de passer.

LA DOUCHE

Véritable rituel du matin (ou du soir, évitons les conflits futiles, même si je ne comprends pas la team du soir), j'ai la chance d'avoir accès aux douches quotidiennes depuis ma naissance. Seulement voilà, derrière ce luxe se cachent deux ennemis principaux :

- la (sur)consommation d'eau ;
- les produits que l'on y déverse.

Pour rentrer dans le vif du sujet, la littéraire que je suis va, accroche-toi bien, parler chiffres :

- une douche de 5 minutes = entre 60 et 75 litres d'eau ;
- une douche de + de 10 minutes = jusqu'à 200 litres ;
- un bain rempli = entre 150 et 200 litres ;
- un bain à moitié rempli = entre 100 et 120 litres[1].

Peut-être penseras-tu que je brasse du vent, mais ainsi tu peux :

- visualiser plus distinctement l'étendue des différences ;
- dédiaboliser le bain qui pâtit d'une très mauvaise réputation, tandis que la douche longue cache bien son jeu (on t'a à l'œil) ;
- briller en société en sortant des données précises pour clouer le bec aux plus sceptiques.

En conclusion, et j'espère que ton postérieur est correctement posé sur l'assise de ton choix au vu du choc qui va suivre, la solution serait de prendre majoritairement des douches courtes ! 👏👏👏

4 ASTUCES POUR UNE DOUCHE EXPRESS

NIVEAU 1 DU FUN : qu'une tierce personne crie pour que tu arrêtes de faire couler l'eau (entourer la mention adéquate : parents, enfants, frères/sœurs, voisin•e•s, animal de compagnie…).

NIVEAU 2 DU FUN : mettre une alarme sur ton téléphone pour t'alerter quand tu dépasses le temps imparti.

NIVEAU 3 DU FUN : mettre une musique (que tu aimes, de préférence) de moins de 5 minutes pour sortir avant qu'elle ne se termine (le tout en la chantant à tue-tête, mais je n'ai pas besoin de te le préciser, n'est-ce pas).

NIVEAU 4 ~~DU FUN~~ DU GADGET : installer un régulateur d'eau sur ton pommeau de douche qui change de couleur en fonction de la quantité d'eau utilisée[2].

1. Agence de l'environnement et de la maîtrise de l'énergie (Ademe).
2. www.hydrao.com/notre-concept/fonctionnement

IDÉES DE MUSIQUES À ÉCOUTER POUR UNE DOUCHE DE MOINS DE 5 MINUTES

- « Maniac » de Michael Sembello
- « The Bay » de Metronomy
- « Freak » d'Estelle et Kardinal Offishall
- « Nails, Hair, Hips, Heels » de Todrick Hall
- « Sun » de Two Door Cinema Club
- « Beds are Burning » de Midnight Oil
- « Come on Eileen » de Dexys Midnight Runners

CONSEIL de galère

RÉCUPÈRE L'EAU QUI N'A PAS ENCORE EU LE TEMPS DE CHAUFFER AU DÉBUT DE TA DOUCHE POUR, AU CHOIX : ARROSER TES PLANTES / REMPLIR TA CHASSE D'EAU / PRÉLAVER TON LINGE.

Maintenant que nous sommes accordé·e·s sur le fait d'être raisonnable sur la quantité d'eau utilisée, il reste un point crucial : ce que l'on y fait couler (aka les produits qu'on utilise).

En France, 5 bouteilles de shampoing sont vendues chaque seconde, soit 174 millions par an[3]. Je ne sais pas toi, mais ça me paraît tellement énorme qu'il m'est difficile d'imaginer ce que cela représente (si ce n'est beaucoup, mais on a connu mieux comme référentiel). Pourquoi c'est particulièrement effrayant ? Parce que les savons et shampoings de supermarchés classiques possèdent 3 attaques redoutables dignes des Pokémons.

3. www.planetoscope.com/hygiene-beaute/435-consommation-de-shampoings-en-france.html

ATTAQUE 1 – LA FABRICATION : issus majoritairement de la pétrochimie, les procédés d'extraction et de transformation sont très lourds (- 10 points de vie) ;

ATTAQUE 2 – LES COMPOSANTS : en grande partie des mix chimiques et nocifs, tant pour le corps que pour la planète (- 15 points de vie) ;

ATTAQUE 3 – L'EMBALLAGE : très souvent en plastique, il met des centaines d'années à se dégrader (- 20 points de vie).

= KO TECHNIQUE POUR LA TERRE (ET NOUS AVEC, DU COUP) !

Liste non exhaustive

DES COMPOSANTS À ÉVITER DANS LES SAVONS ET SHAMPOINGS

LE SILICONE : soit tous les noms terminant par « thicone », « thiconol », « siloxane », « silane ». Sa fabrication est très polluante, non biodégradable et étouffe la fibre capillaire.

LE PARABÈNE : et tout ce qui se termine par « parabène » (propylparabène, méthylparabène), aussi appelé hydroxybenzoate et dérivés de la même terminaison. Il est utilisé pour la conservation, vient de la pétrochimie et est considéré comme un perturbateur endocrinien.

LE SODIUM LAURETH SULFATE (SLS) : soit tout ce qui se termine par « sulfate » ou « sulfoacétate ». Il permet l'effet très moussant, mais est non biodégradable et irritant pour le cuir chevelu.

LES PARFUMS : mélanges chimiques non dégradables, peuvent provoquer des allergies.

LE TRICLOSAN : possible perturbateur endocrinien, irritant pour la peau et les yeux, pollue les milieux aquatiques.

LE PHÉNOXYÉTHANOL : irritant pour les yeux, toxicité vis-à-vis du développement de l'enfant notamment...

L'EDTA (ÉTHYLÈNE DIAMINE TÉTRA ACÉTIQUE) : métaux lourds fortement toxiques et non biodégradables.

LE BHA ET BHT : antioxydants allergènes et possiblement cancérigènes.

LES HUILES MINÉRALES ET LA PARAFFINE : dérivées du pétrole, elles dérèglent le bon fonctionnement de la peau.

LES AMMONIUMS QUARTENAIRES (QUATS) : très irritants.

LE MÉTHYLISOTHIAZOLINONE (à tes souhaits) : allergène perturbateur endocrinien au niveau du système nerveux.

LES PEG, OU POLYÉTHYLÈNEGLYCOLS, SOIT TOUT PEG + CHIFFRE : sont possiblement cancérigènes et non biodégradables.

D'aucuns diraient que la solution serait de tout simplement arrêter de se laver, mais si tu tiens à préserver un minimum de vie sociale, il existe une autre solution : les shampoings et savons solides naturels.

(HALLELUJAH) !

Ainsi se dessinent deux stratégies :

Acheter un bon shampoing
VS
Le fabriquer soi-même

(Je te laisse deviner la mienne avec cet indice : si je bricole un truc, il explose.)

Comme je suis HYPER SYMPA (c'est mon livre, j'écris ce que je veux dedans), je te laisse quelques marques de produits de douche plus respectueux ainsi qu'une recette de shampoing maison pour les plus téméraires.

MARQUES CLEAN de shampoings et de savons

- MANAMANI
- RESPIRE
- LES SAVONS DE JOYA
- OOP
- L'ESPERLUÈTE
- TERRA LOVA

Recette de shampoing maison

- 50 cl d'eau un peu chaude
- 30 g de copeaux de savon de Marseille (ou un autre de ton choix)
- 1 cuil. à soupe d'huile de ton choix (amande douce, jojoba, avocat, coco...)
- 1 cuil. à soupe de bicarbonate de soude

VERSE L'EAU DANS UN FLACON PUIS LES COPEAUX AFIN QU'ILS SE DISSOLVENT BIEN, ENSUITE AJOUTE L'HUILE, LE BICARBONATE ET SECOUE POUR BIEN MÉLANGER, ET CE, AVANT CHAQUE UTILISATION !

LES COSMÉTIQUES

Une fois propre comme un sou neuf (cette expression est peut-être désuète, mais à-propos), vient l'heure des cosmétiques : du soin de la peau en passant par le maquillage ou le rasage, la poubelle de notre salle de bains sature. Alors non, l'idée n'est pas de balancer par-dessus bord tous tes produits emballés ou chimiques puisque le gâchis, ce n'est pas si écologique que cela. La solution est plutôt, une fois que l'on vient à bout de sa crème ou de son déodorant, de se demander :

A. Est-ce que je connais une alternative plus écologique au produit que j'utilise ?

Si réponse A = NON =>
lis ce livre 😊

B. Ai-je les moyens de m'offrir actuellement cette alternative-là ?

Si réponse B = NON =>

- Demande ce produit en cadeau à ton entou
- Attends d'économiser pour pouvoir te l'offrir
- Regarde s'il n'existe pas des alternatives mo chères (notamment avec le DIY).
- Accepte de ne pas pouvoir tout changer du jour au lendemain.

Si réponses A et B = OUI => BINGO ! (Ça aussi, on ne le dit plus, non ?)

C'EST QUOI ÇA, LES CAPITAUX SOCIAUX ?

Selon Bourdieu, ils désignent le bagage économique (notre thune), social (nos relations), culturel (nos savoirs) et symbolique (nos distinctions) que l'on se trimballe. Fortement lié à notre héritage familial, cela expliquerait pourquoi nous ne sommes pas tou·te·s à égalité sur certains cheminements. Ici, pour l'écologie, si l'on manque d'argent ou de connaissances, on n'avancera pas aussi facilement que d'autres qui profitent de capitaux plus importants. Donc l'objectif : on ne se culpabilise pas et on se donne des objectifs réalistes avec notre bagage à nous !

MA TROUSSE DE TOILETTE ECO-FRIENDLY

Depuis 2015, j'ai créé une trousse de toilette *eco-friendly* et assez minimaliste. À toi d'y piocher l'inspiration en fonction de tes besoins et de constituer à ton tour la tienne !

UN MASCARA GREEN, pour me faire occasionnellement des yeux de biche sans tuer des biches, ou tout autre animal d'ailleurs. *Marques conseillées* : Avril, Zao cosmétiques.

UN ORICULI, pour remplacer les cotons-tiges. *Marques conseillées* : Lamazuna, The Green Emporium.

DES COTONS RÉUTILISABLES, pour me démaquiller, nettoyer ma peau. *Marques conseillées* : Manamani, Les tendances d'Emma, Kufu.

UNE HUILE VÉGÉTALE, pour me démaquiller ou m'hydrater. *Marques conseillées* : Typology Paris, Oden.

UNE EAU FLORALE, pour apaiser ma peau, la rincer de l'eau calcaire. *Marques conseillées* : Eolesens, Avelenn.

UNE BROSSE À DENTS RECHARGEABLE, pour ne changer que la tête et pas la brosse entière. *Marques conseillées* : Lamazuna, Caliquo.

UNE CRÈME SOLAIRE, qui protège ma peau et ne tue pas les poissons. *Marques conseillées* : Niu, We love green, Les laboratoires Biarritz.

UN RASOIR, pour enlever mes poils si j'en ai envie, parce que ce n'est jamais obligatoire, qu'importe ton genre ! *Marques conseillées* : Merkur, Parker.

+ DU SAVON DE MARSEILLE OU D'ALEP, pour remplacer la mousse.

DESSINE TA TROUSSE DE TOILETTE *ECO-FRIENDLY*

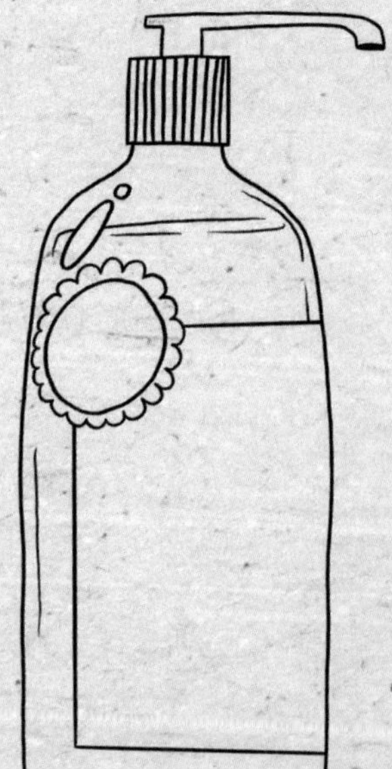

Maintenant que tu as quelques exemples de produits testés et approuvés par la maison (un label reconnu, les marques se l'arrachent !), il est essentiel d'avoir en tête la définition de quelques (vrais) labels pour être sûr·e de ne pas se faire « greenwasher » la figure.

Face à cet océan de stratégies peu éthiques se dressent plusieurs distinctions qui, telles des bouées de sauvetage, te permettront de naviguer sereinement en mer écologique (tu as remarqué la métaphore filée j'espère).

Au-delà d'utiliser des produits plus durables, le but est de se demander ce dont on a RÉELLEMENT besoin avant de remplacer frénétiquement. Rien ne sert de commander la liste complète du pack écolo parfait si on peut s'en passer, LESS IS MORE.

C'EST QUOI ÇA, LE *GREENWASHING* ?

C'est une technique de marketing et de communication utilisée par certaines marques peu scrupuleuses pour faire croire que leur produit est éthique ou écologique. Des feuilles vertes sur le packaging aux vêtements dont une partie est dite recyclée, les entourloupes sont nombreuses. Donc sois attentif·ve à la marque en question, à la composition, et n'hésite pas, au besoin, à te renseigner davantage sur Internet, c'est un outil assez efficace.

CONSEIL de galère

TU PEUX RÉCUPÉRER TON MARC DE CAFÉ POUR TE FAIRE UN GOMMAGE DU CORPS SOUS LA DOUCHE, À MÉLANGER AVEC UNE HUILE VÉGÉTALE SI TA PEAU EST SENSIBLE ! TU PEUX UTILISER DU SUCRE AVEC DE L'HUILE VÉGÉTALE OU DU MIEL !

Liste non exhaustive DE LABELS CLEAN EN COSMÉTIQUES

NATURE ET PROGRÈS: garantit l'absence d'OGM, 100 % d'ingrédients issus de l'agriculture biologique. Les parfums, colorants, conservateurs et la pétrochimie sont interdits, ainsi que les tests sur les animaux.

COSMEBIO: minimum 95 % d'ingrédients naturels + végétaux et 10 % d'ingrédients issus de l'agriculture biologique.

CHARTE BDIH: liste d'ingrédients autorisés qui exclut, entre autres, parfums, silicone, parabène, paraffine, emballages non respectueux de l'environnement...

ECOCERT: garantit la qualité des produits utilisés, est reconnu à l'international comme référentiel écologique et biologique.

NATRUE: 95 % des ingrédients issus de l'agriculture biologique, limitation de l'utilisation d'eau...

AGRICULTURE BIOLOGIQUE: 95 % minimum d'ingrédients issus de l'agriculture biologique, interdiction d'OGM, absence d'ingrédients chimiques de synthèse, et des pratiques respectueuses de l'environnement.

VEGAN/CRUELTY FREE: garantit l'absence de tests sur les animaux, même à l'étranger, des produits non issus d'élevages intensifs, aucune présence de matière animale ou issue de matière animale.

LES RÈGLES

Que tu sois menstrué·e ou non, je pense que ce chapitre a son importance : pour les concerné·e·s, il donne des solutions concrètes pour mieux vivre ses menstruations, et pour les autres, il permet de mieux comprendre ses proches dans cette période qui peut être compliquée.

Comme beaucoup, j'ai grandi avec les protections les plus populaires de l'époque : les tampons et les serviettes. Sauf que, un jour, PATATRAS, elles se sont retrouvées sur le banc des accusés avec de sacrées casseroles aux fesses.

- Accusation 1 : les serviettes jetables et les tampons sont polluants. Chaque année, plus de 45 milliards de protections[4] sont jetées dans les décharges et prennent des siècles à se dégrader.
- Accusation 2 : les serviettes hygiéniques jetables et les tampons ne sont pas dingues pour la santé. On y trouve des traces de chlore, des substances parfumantes qui perturbent le système endocrinien et d'autres soupçonnées d'être cancérigènes ou mutagènes.
- Accusation 3 : les serviettes jetables et les tampons sont chers (selon une étude britannique de 2015, les personnes menstruées dépenseraient dans une vie environ 23 000 € en protections[5], médicaments, sous-vêtements et autres besoins liés, soit l'équivalent d'un beau voyage, d'une chouette voiture ou d'un giga restau où tu invites tout ton répertoire).

Verdict du juge : ÇA CRAINT !

Alors, que nous reste-t-il, à part nos yeux pour pleurer ? Eh bien… RIEN. Ooooh, ça va, je plaisante ! Viens que je te présente quelques bonnes copines.

4. www.linfodurable.fr/conso/les-alternatives-durables-aux-protections-hygieniques-jetables-9630?fbclid=IwAR2cFmEILXx6hx9yiAriS625xKWc2vEEF-tM1pykfO0AIXaWKqYETKCbQYE2.
5. https://dmepp.com/precarite-menstruelle

Welcome to les protections sympas pour toi et le monde

LA SERVIETTE PÉRIODIQUE LAVABLE : même utilisation que les serviettes jetables, disponible en plusieurs tailles et abondances de flux. Il suffit de la mettre à tremper après utilisation puis de la laver en machine à 30 °C.

Coût : environ 60 € pour un pack de 10 qui ont une durée de vie de 5 à 10 ans VS plusieurs centaines d'euros en jetable.

Marques conseillées : Dans Ma Culotte, PLIM.

LA COUPE MENSTRUELLE, AKA LA CUP : petit entonnoir en silicone médical qui s'utilise en protection interne, la cup peut être utilisée plusieurs heures d'affilée et existe en plusieurs tailles de flux. Elle doit être stérilisée dans de l'eau bouillante avant la première utilisation du cycle, vidée et rincée au fil des jours de règles, et stérilisée une seconde fois à la fin du cycle. Une notice est fournie pour savoir la mettre et la retirer correctement ; c'est un coup de main à prendre, mais une fois maîtrisé, tu pourras le faire les yeux fermés (je déconseille cependant).

Coût : entre 15 et 20 € la cup.

Marques conseillées : Be'Cup, Meluna Classic, Claripharm, DivaCup.

LA CULOTTE MENSTRUELLE : à enfiler tel un slip lambda, elle absorbe plusieurs heures de flux et doit être rincée puis lavée à la machine tout comme les serviettes lavables. Elle est très utile, notamment dans les pratiques sportives ou pour les longues journées. Elle peut aussi exister sous forme de boxer, comme le propose la marque Moodz.

Coût : entre 30 et 50 € la culotte.

Marques conseillées : Moodz, Fempo, Lily Basics, Elia.

LE MAILLOT DE BAIN MENSTRUEL : si l'on ne veut pas porter de protection menstruelle interne mais aller se baigner, il existe des maillots pour faire la brasse en toute quiétude et absorption. Il suffit de porter le maillot comme d'habitude puis de le rincer et le laver en machine.

Coût : entre 50 et 130 €.

Marques conseillées : Réjeanne, Moodz, Elia, Dans Ma Culotte, PLIM.

Parmi toutes ces options, il n'y en a pas de meilleure, de plus efficace ou de plus pratique. C'est à toi de voir laquelle te permet de (presque) passer un bon moment : du tissu, du silicone, en externe, en interne, le principal reste d'être à l'aise et Renseigné·e sur l'utilisation de chacune.

C'EST QUOI ÇA, LE SYNDROME DU CHOC TOXIQUE ?

Le syndrome du choc toxique est une maladie infectieuse causée par le staphylocoque doré, une bactérie naturellement présente dans le corps d'environ 1 % des femmes. Mais lorsqu'une protection interne n'est pas assez changée, la bactérie peut provoquer des vertiges, des nausées, des diarrhées, de la fièvre et des douleurs musculaires. En cas de doute, il faut retirer la protection et se rendre à l'hôpital illico presto pour prendre des antibiotiques. Bon, on se détend la nouille, on recense en France environ 20 cas par an[6], mais le savoir, c'est le meilleur moyen de s'en protéger ! Le plus important est de retenir que le risque ne vient pas des tampons ou des cup mais bien de leur mésusage : pas plus de 4 à 6 heures maximum, et privilégier les serviettes ou les culottes menstruelles la nuit.

6. www.observatoire-sante.fr/syndrome-choc-toxique-reduire-le-risque/

Nos menstrues bien gardées, il reste une problématique de taille : les douleurs. Contractions, crampes, spasmes, dos tiré, nausées, migraines... la liste des possibles désagréments est aussi longue que le menu d'un mauvais restau. Peut-être te demandes-tu le rapport avec la choucroute de l'écologie, et ça me touche de te voir si impliqué·e ! Alors écoute, sachant que les médicaments poussent assez mal dans les arbres, ils sont plus souvent le résultat d'une synthèse chimique. Et figure-toi que ça se décompose un peu moins bien que les fruits, par exemple.

Ainsi, pour éviter de m'enfiler médocs sur médocs, j'ai opté pour des ripostes naturelles et *spoiler alert* : ÇA FONCTIONNE ! Bien sûr, chaque cycle est différent et dépend de moult facteurs (les émotions, l'alimentation, le stress, la fatigue...) sur lesquels on a plus ou moins la main. Si ce ne sont pas des solutions miracles, elles ont le mérite de constituer des pistes à prendre... ou à laisser (ça pourrait être un bon titre d'émission télé ça, non ?).

Le cycle hormonal

La moyenne d'un cycle est de **28 jours**.

Du jour 1 au jour 5 : les règles (donc expulsion de l'endomètre qui n'a pas réceptionné d'ovule fécondé)

Du 6ᵉ jour au 10/11ᵉ jour : préparation d'un ovule

Du 11ᵉ jour au 16ᵉ jour : période d'ovulation donc féconde (sachant qu'elle peut varier de quelques jours avant et après)

Puis **du 17ᵉ au 28ᵉ jour :** si l'ovule n'est pas fécondé, il se prépare à être désagrégé + syndrome prémenstruel (SPM) à partir du 23ᵉ jour environ

C'est avec une émotion certaine que je te livre une routine qui m'a permis de ne plus avoir envie de m'écraser la tête contre le mur (et ce n'était pas l'envie qui manquait).

Guide de survie aux DOULEURS MENSTRUELLE

1. **SUIS TON CYCLE :** tu peux calculer de tête si ton cycle est régulier et que tu n'es pas flemmard•e, sinon, tu peux télécharger gratuitement l'application Clue qui fait le travail à ta place (encore une fois, je te laisse deviner mon camp).
2. **UNE SEMAINE AVANT LES RÈGLES :** réduis ou arrête les aliments inflammatoires qui vont surcharger le système digestif (alcool, thé, café, gluten, viande rouge, produits laitiers) et commence à boire des tisanes contre les crampes menstruelles (à acheter toutes prêtes en magasin bio / chez ton pharmacien ou à faire sur mesure dans des herboristeries). Je te conseille les plantes achillée, millefeuille, alchémille, vigne rouge, hamamélis. Essaie aussi de faire du sport régulièrement pour libérer un maximum d'endorphines en amont.
3. **PENDANT LES RÈGLES :** continue de garder une alimentation peu inflammatoire et augme la consommation de tisanes. Si douleurs il y a :
   - Place une bouillotte sur ton ventre ou ton dos (en fonction d'où sont situées tes douleurs)
   - masse ton bas-ventre avec une goutte d'huile essentielle de lavande dans une noisette d'hui végétale (Attention ! Prudence avec les huiles essentielles, voir p. 31) ;
   - essaie l'huile de CBD, une molécule non psychotrope présente dans le chanvre, que tu trouveras dans les magasins spécialisés (dont la marque suisse Cibdol) ;
   - si possible, fais des étirements qui soulagent les spasmes.
4. **APRÈS LES RÈGLES :** danse partout !

CONSEIL de galère

Si tu connais sûrement l'astuce d'utiliser une bouteille d'eau chaude en guise de bouillotte, il existe une solution BEAUCOUP moins dangereuse, assez simple et quasi gratuite. Pour cela, il te faudra un contenant, donc un sac déjà fait ou que tu fais toi-même, mais dans tous les cas en 100 % COTON, pas dans une autre matière (sinon ça crame COMPRIS ?!) et un contenu (du riz cru, des noyaux de cerises nettoyés et séchés, des lentilles crues…). Il suffira ensuite de faire chauffer au four à 150 °C (th. 5) ta « bouillotte » pendant une dizaine de minutes et elle restera chaude 30 / 45 minutes !

On entend trop souvent que les règles font mal, que c'est normal, que c'est comme ça (surtout de la part de celles et ceux qui ne les ont pas 🤡). Perso, j'opte plutôt pour l'option « mettre de l'énergie à comprendre comment mon corps fonctionne plutôt qu'être contre lui ». Et si malgré tout cela d'irréductibles douleurs résistent encore et toujours, il faut peut-être se pencher sur le cas de l'endométriose.

Le sujet des règles étant tabou, il n'est pas rare de voir au mieux un manque de connaissances, au pire un jugement hâtif (qui n'a pas déjà entendu la fameuse : « qu'est-ce qu'elle est tendue aujourd'hui, elle doit avoir ses règles »). Alors, ami·e·s non concerné·e·s, n'hésitez pas à être empathiques, à écouter et à ne pas juger les personnes menstruées parce que vous n'êtes pas à l'abri d'une vengeance sanglante.

C'EST QUOI ÇA, L'ENDOMÉTRIOSE ?

L'endométriose, qui touche 1 personne menstruée sur 10, est la présence anormale de fragments de muqueuse utérine en dehors de l'utérus (sur les ovaires, les trompes, les intestins, la vessie…). Cela provoque de vives douleurs lors des règles, parfois aussi lors des rapports sexuels, et peut engendrer un risque d'infertilité.

Elle peut être détectée par une échographie ou une IRM qui permettra de repérer la présence de muqueuse ou de kystes. En gros, si tu as vraiment mal au point que cela en devient handicapant, sache que ce n'est pas normal et que tu peux (dois ?) demander à ton médecin de te faire des ordonnances pour passer des examens plus approfondis !

LA MACHINE À LAVER

Si l'on ajoute la dimension écologique au tri des couleurs, au détachant, au cycle à choisir, à la température de l'eau et aux autres options incompréhensibles, cela peut sembler insurmontable. Mais ensemble, on va s'en sortir, je te donne ma parole d'honneur. Pour commencer, que fait la dimension environnementale dans cette partie ?

À l'instar de la douche, où nous pouvons polluer l'eau en nous lavant (voir page 12), lorsqu'on nettoie nos vêtements, c'est la même tambouille. Les vêtements en textiles synthétiques – élasthanne, acrylique, polyester... (soit BEAUCOUP de nos fringues) – relâchent plus de 700 000 microfibres par machine de 6 kg[7], sans parler des lessives bourrées de parfums et autres ingrédients qui dégomment les taches et tout le reste avec. En résumé, c'est la foire aux microparticules qui ne peuvent être filtrées et aux composés toxiques qui finissent dans le gosier de nos amis poissons...

Alors, qu'attends-tu pour brûler ta machine à laver et porter chaque jour les mêmes vêtements dont la crasse te servira d'armure face à la dureté de la vie ? Que je te donne quelques astuces pour faire autrement, évidemment !

Astuce numéro 1 : évite (si possible) l'achat neuf

Comme tout appareil électroménager, la machine à laver pollue de sa fabrication (composés électroniques, matériaux rares...) jusqu'à sa fin de vie (la dégradation desdits composés, ce n'est pas de la tarte). Alors, si possible, on privilégie la seconde main chez Emmaüs, ou le reconditionné sur Back Market, par exemple. Et comme pour tout appareil, un réflexe économique et écologique à (ré)apprendre est de faire réparer quand cela est possible plutôt que de jeter. Ainsi, on prolonge la vie de sa machine, et c'est la planète, et le portefeuille, qui disent merci.

Astuce numéro 2 : détache tes vêtements

Au niveau du lavage, la première étape intervient avant même de déposer tes vêtements dans le tambour. Comment ça ? En détachant ta fringue directement après un accident, puisqu'à chaque seconde qui passe, la tache s'incruste davantage (ce n'est sûrement pas aussi rapide, mais avoue que c'est sensationnel dit comme ça). Sur les taches légères, le savon de Marseille est très efficace, tandis que le percarbonate de soude est redoutable face aux plus coriaces. Il suffit de laisser tremper son vêtement dans une bassine d'eau chaude avec 2 bonnes cuillères à soupe de percarbonate une à deux heures, avant de le passer en machine

7. https://www.nationalgeographic.fr/environnement/2020/11/les-oceans-pollues-par-le-lavage-de-nos-vetements

Astuce numéro 3 : filtre les particules

Pour tenter de réduire le chiffre mondial de 9,5 millions de tonnes de plastiques déversés dans l'eau chaque année[8] via les machines à laver, tu peux installer un filtre à l'extérieur de ton lave-linge : il va ainsi récupérer les microfibres au travers d'une cartouche qu'il faudra changer tous les mois. Plus simple encore, il existe des balles spécialement conçues pour attirer naturellement les particules dans l'eau de la machine. Il suffit, une fois le cycle terminé, de retirer les microfibres qui y sont accrochées et de la réutiliser encore et encore (♫ et ça continue, d'accord, d'accord ♪).

Astuce numéro 4 : choisis (bien) le cycle de lavage

Sachant que le lave-linge peut représenter jusqu'à 30 % de l'énergie utilisée au sein d'un foyer[9], l'idée est d'être attentif·ve à sa consommation d'eau et d'électricité. Le combo ultime est :

- faire tourner son lave-linge en heures creuses (à trouver auprès de ta compagnie d'électricité) ;
- choisir un cycle éco (appelé aussi bio, selon les modèles).

À l'inverse, un faux ami de taille est le programme court qui peut sembler écologique alors :

- Qu'il demande un chauffage plus rapide et donc plus gourmand
- Et que les actifs de la lessive peuvent avoir du mal à se libérer et être efficaces dans un laps de temps si court.

Astuce numéro 5 : choisis ta lessive

Selon l'Ademe, ce sont 40 kg de lessive qui sont utilisés en moyenne par foyer chaque année, soit un très gros chien (chacun·e ses ordres de grandeur). De fait, on comprend la nécessité de se pencher sur la question de la composition et le remplacement des gros bidons classiques par des alternatives.

Astuce numéro 6 : sèche ton linge sans trop consommer

Tu t'attends inéluctablement à ce que je te dise qu'avoir un sèche-linge, c'est très énergivore, et tu as raison. Afin de réduire l'électricité utilisée, le mieux reste de sélectionner sur sa machine un essorage à vitesse élevée pour réduire le temps de chauffe et d'étendre son linge sur un bon vieux tancarville. Pour accélérer le processus de séchage, tu peux essorer encore à la main ton linge avant de l'étendre, éviter de mettre ton étendoir dans une pièce humide (la salle de bains, on oublie), utiliser des pinces pour tendre au maximum les vêtements, et retirer au fur et à mesure les secs pour laisser davantage d'espace aux autres.

8. Union internationale pour la conservation de la nature (UICN)
9. https://www.futura-sciences.com/planete/questions-reponses/eco-consommation-lessive-ecologique-reduire-consommation-eau-electricite-1110/

Astuce numéro 7 : maîtrise les (véritables) fréquences de lavage !

Last but not least, la plus importante de toutes ces astuces est peut-être d'être correctement informé·e. En effet, on est (trop) peu à connaître les véritables « règles » de lavage des vêtements, ce qui abîme certaines pièces à outrance et gâche beaucoup d'eau.

Alors, rien que pour tes beaux yeux, voici un guide simple, basique.

Bon évidemment, si tache, transpiration ou autre désagrément odorant ou voyant il y a, lave ta fringue, **hein.**

Avec quoi faut-il laver son linge, bon sang ?

LA LESSIVE DE SUPERMARCHÉ ÉCOLOGIQUE

Son + : facile d'accès, pas de temps de fabrication.
Son - : présence d'emballage, possibilité de greenwashing.
Son prix : entre 3 et 6 €.
Les marques conseillées : Mutyne, Rainett, L'Arbre Vert, Les Petits Bidons, You.

LA LESSIVE EN VRAC

Son + : pas d'emballage, pas de temps de fabrication.
Son - : peut être plus difficile d'accès et plus onéreuse.
Son prix : entre 3 et 5 €/litre environ.
Les marques conseillées : Ecobulle, Fleur à savon.

LA LESSIVE DIY

Son + : on sait ce qu'il y a réellement dedans, complètement naturelle, économique.
Son - : avoir la motivation et le temps de la faire.
Son prix : en fonction de la recette choisie, de gratuite jusqu'à 5 €.
Marques conseillées : tes mains.

Et comme je ne suis pas du genre goujat, voici deux petites recettes que j'avais griffonnées, c'est cadeau.

La lessive au savon de Marseille

L'avantage, c'est que ce savon est assez peu onéreux et facile d'accès. L'autre atout, c'est que la recette est super simple et que, MÊME MOI (et je pèse mes mots), je peux la faire et la réussir.

Pour deux litres de lessive, il te faudra :

- 70 g de savon de Marseille en copeaux (tu peux en trouver déjà râpé, sinon il faudra le faire toi-même)
- 2 bonnes cuil. à soupe de bicarbonate de soude
- 2 bonnes cuil. à soupe de cristaux de soude
- 2 l d'eau

N.B. : dans beaucoup de recettes de lessive, tu trouveras de l'huile essentielle, généralement de lavande, pour « parfumer » ton linge. À mon sens, c'est inutile puisque les huiles essentielles ne diffusent plus d'odeur au-delà de 30 °C. Au vu du prix que cela peut coûter et des procédés d'extraction qui ne sont pas exempts de tout reproche (voir page 31), il vaut mieux les utiliser dans d'autres contextes !

La lessive au lierre

Non, tu ne rêves pas, on parle bien du lierre que l'on peut trouver dans la nature et autres façades de maison GRATUITEMENT ! En effet, cette plante contient naturellement un agent lavant (la saponine, pour les plus intellos d'entre vous).

Il te faudra environ 60 branches de lierre grimpant dont tu vas retirer les feuilles au dernier moment. Rince-les doucement dans de l'eau froide puis fais-les bouillir dans 1 litre d'eau pendant 15 minutes. Une fois que c'est fait, coupe le feu et laisse infuser pendant 12 heures. Mixe ensuite le tout comme une bonne soupe, filtre pour éviter qu'il n'y ait de gros morceaux et transfère le liquide dans le récipient de ton choix (bidon, bouteille, ta limite sera ton imagination, et ce que tu possèdes, accessoirement).

Tu peux conserver ce litre de lessive 3 semaines au frais, et c'est une petite révolution[10].

10. Recette testée et approuvée depuis le blog c.lairdutemps

FRÉQUENCES DE LAVAGE

LE SOUTIEN-GORGE
Tous les 3 jours.

LE PYJAMA
Tous les 3/4 jours.

LA VESTE :
1 à 2 fois par an.

LE PULL
S'il est porté au-dessus d'un autre tissu, tous les 4/5 jours.

LE COSTUME
Tous les 4/5 jou

LA ROBE
Tous les 2/3 jou

LE JEAN
Tous les 5/6 jours.

LE MANTEAU
1 fois par saison (si nécessaire, sinc attendre encore).

LE PANTALON
Tous les 2 jours s'il est près du corps, tous les 4/5 jours s'il est ample.

L'ÉCHARPE / LES GANTS / LE BONNET
Tous les mois ou tous les 2 mois (sauf en cas de rhume, dans ce cas les laver plus régulièrement).

LE DÉBARDEUR OU LE TEE-SHIRT
Après chaque utilisation.

LES SOUS-VÊTEMENTS ET CHAUSSETTES
Après chaque utilisation.

LES VÊTEMENTS DE SPORT
Après chaque utilisation.

LA CHEMISE
Si elle est portée au-dessus d'un autre tissu, tous les 2 jours.

LES MAILLOTS DE BAIN
Après chaque utilisation.

LA PHARMACIE

Je ne sais pas toi mais, enfant, j'ai le souvenir de ce placard légèrement en hauteur qui débordait de plaquettes de médicaments et de sirops en tout genre. Lorsque j'ai pris mon indépendance, j'ai eu envie de plus de sobriété dans mon armoire à pharmacie et de tendre vers des alternatives naturelles pour certains maux du quotidien. Loin de moi l'idée de douter de l'efficacité et de la nécessité des médicaments dans certains cas, ou de l'importance de consulter un·e professionnel·le de santé lorsque le souci devient persistant ou inquiétant, mais il existe des plantes, poudres et autres joyeusetés qui peuvent soulager efficacement. Qui, quoi, quand, comment ? C'est maintenant que ça se passe.

Présentation des principaux protagonistes de la pièce

L'HUILE ESSENTIELLE (HE) : on la voit partout, dans les supermarchés, dans les pharmacies et même dans les défilés de la fashion week (j'abuse peut-être un peu, ok). Bref, ce petit concentré de plantes est en vogue. Utilisée tant pour soigner l'intérieur que l'extérieur du corps, sa diversité permet de couvrir énormément de besoins. Mais à chaque bonne nouvelle son penchant plus sombre, l'huile essentielle présente quelques hics :

- Hic n° 1 : pour un seul flacon d'huile essentielle, il faut des kilos et des kilos de plantes. Pour te donner un aperçu, pour 1 litre d'HE de rose de Damas, il faudra 4 000 kg de pétales[11] (Ouch !) ;

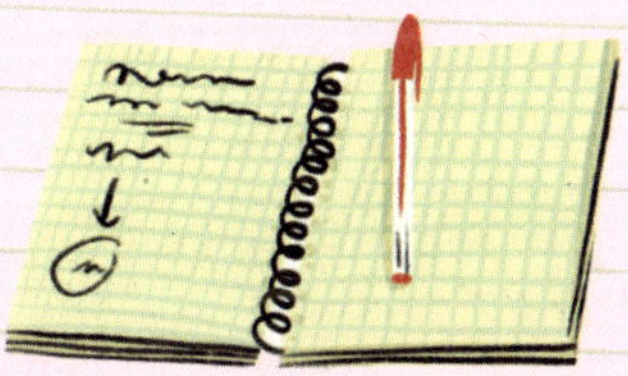

- Hic n° 2 : les HE ne conviennent pas aux femmes enceintes ni aux jeunes enfants puisque certaines molécules peuvent venir perturber le fonctionnement cellulaire ;
- Hic n° 3 : les HE peuvent être allergènes, il est donc recommandé de les tester sur le poignet au préalable. Partant du même principe, la plupart ne peuvent être utilisées seules (puisque trop concentrées) et doivent être mélangées avec une huile végétale pour les diluer.

Donc, même si elles sont hyper efficaces, il est important de ne pas en consommer à outrance et de se faire conseiller par des professionnel·les dans les pharmacies ou les herboristeries (et de les préférer de fabrication française).

11. www.jardinsdefrance.org/les-roses-et-la-production-dhuile-essentielle-pour-la-parfumerie/#:~:text=Il%20faut%20approximativement%20400%20kg,%2C5%20kg%20d'absolu.

L'ARGILE : verte, blanche, rouge, cette poudre de minéraux désinfecte, soulage et purifie. Elle a des actions très variées, comme cicatriser, réguler l'acidité gastrique, apaiser les inflammations et réparer ton vélo (bon, ça, peut-être pas). Tout comme les huiles essentielles, l'argile n'est pas un miracle sur pattes et a quelques contre-indications :

- en masque pour la peau, l'argile ne doit jamais sécher, sinon tu vas dérégler ton hydratation naturelle. Assure-toi de toujours la réhumidifier, avec un brumisateur par exemple, jusqu'à ce que tu la retires ;
- en interne (si tu l'avales, en gros), il ne faut pas être sujet•te à la constipation chronique (sinon c'est pire), à l'hypertension (sinon ton cœur va partir en sucette), et il ne faut pas prendre de médicaments ou de contraception orale (sinon elle annule leurs actions) ;
- et côté conservation, on ne réutilise pas une argile qui a déjà servi. Elle doit être conservée hermétiquement.

Comme tout principe actif, elle est très efficace mais elle reste à manipuler avec précaution et avis de personnes plus expérimentées.

L'HYDROLAT : cousine des HE (oui, j'invente des liens de parenté, et alors ?), c'est la solution aqueuse qui reste après la distillation des huiles essentielles (en gros, c'est de l'eau avec une petite concentration d'huile essentielle). De fait, son utilisation est plus douce pour celles et ceux qui peuvent être sensibles à l'huile pure, comme les enfants. Elle cible principalement la peau en ayant des fonctions apaisantes, nettoyantes, tonifiantes. Il vaut mieux l'acheter en pharmacie ou magasin spécialisé pour s'assurer de la qualité.

LES PLANTES : la phytothérapie (oui, c'est le nom savant pour dire « se soigner avec les plantes ») propose d'utiliser leurs principes actifs sous la forme de tisane, de gélule ou encore de poudre. Beaucoupde plantes ont des propriétés médicinales qui peuvent se révéler intéressantes dans certaines problématiques légères : stress, problèmes d'endormissement, douleurs menstruelles, nausées... Attention cependant, ce n'est pas parce que ce sont des plantes qu'elles sont forcément inoffensives : il faut toujours vérifier les interactionspotentielles entre les plantes elles-mêmes ou avec d'autres médicaments (pour ça, pas 10 000 solutions, si ce n'est de s'adresser à des pharmacien•ne•s ou naturopathes pour s'aiguiller).

LE BICARBONATE DE SOUDE : utilisé pour se soigner, pour cuisiner, pour nettoyer, il est l'indispensable de toute personne écolo qui se respecte. Facile d'accès et peu onéreux, c'est sa richesse en carbone, sodium, oxygène et hydrogène qui le rend si efficace et polyvalent. Avec, tu peux dire ciao aux aphtes, aux odeurs de transpi, aux dents jaunies, aux problèmes de digestion et j'en passe.

Maintenant que les stars principales de ta pharmacie naturelle et minimaliste viennent de défiler sous tes yeux ébahis, il s'agirait à présent de savoir quoi faire avec.

IQÛRE DE MOUSTIQUE : mélange 3 cuillères de carbonate de soude dans un verre d'eau, imbibe un coton (réutilisable bien sûr) et applique sur les démangeaisons.

MAUX DE GORGE : la fameuse cuillère de miel est très efficace, en version végétalienne l'infusion au thym est également conseillée.

DIGESTION DIFFICILE : 1 demi-cuillère à café de bicarbonate de soude alimentaire dans un grand verre d'eau, et cul sec.

L DE TÊTE : mélange 1 goutte d'huile ssentielle de menthe poivrée avec une sette d'huile neutre (amande, jojoba…) et masse-toi les tempes avec.

COUP DE SOLEIL : le gel d'aloe vera est un indispensable contre les légers coups de soleil, il va venir rafraîchir et réparer l'épiderme agressé.

COURBATURES : bois beaucoup d'eau et masse les parties du corps concernées avec 2 gouttes d'huile essentielle de gaulthérie mélangée dans une noisette d'huile neutre pendant une quinzaine de minutes.

TENDINITE : fais un :ataplasme d'argile en élangeant la poudre à le l'eau à température iante pour obtenir une pâte, laisse-la reposer ur la zone douloureuse en couche épaisse en a faisant tenir avec un m alimentaire pendant une heure, et répète plusieurs fois par jour.

BLEUS ET BOSSES : masse rapidement après avec de la pommade d'arnica.

NAUSÉE : les infusions de gingembre sont très efficaces pour calmer les nausées. Si tu n'es pas team gingembre, tu peux remplacer ça par du jus de citron ou de la camomille.

NEZ BOUCHÉ : fais-toi une inhalation en faisant bouillir une casserole d'eau avec 1 cuillère à soupe de vinaigre blanc, coupe le feu et place-toi au-dessus avec une serviette au-dessus de la tête pour éviter que la vapeur se disperse (pas trop près hein, mieux vaut éviter de se brûler le visage), respire bien puis mouche-toi. Si tu n'aimes pas l'odeur du vinaigre, ce que je peux comprendre, tu peux remplacer par 2 gouttes d'huile essentielle d'eucalyptus.

Mais alors, on fait quoi des médicaments qu'il nous reste dans tout ça ? Plusieurs options :

- ton médicament est encore propre à la consommation et tu t'en sers : tu le gardes au sec et loin de la lumière, et tu l'utilises au moment opportun ;
- ton médicament est encore propre à la consommation mais tu n'en as pas l'utilité : tu peux le rapporter, même entamé, à ta pharmacie qui se chargera de l'envoyer à un organisme dédié ;
- ton médicament est périmé : NON, on ne jette pas à la poubelle, puisque les molécules présentes dans les comprimés et sirops risqueraient de polluer les sols et l'eau. Idem, tu le ramènes à ta pharmacie qui s'occupera de le faire incinérer dans les règles.

On s'est longuement attardé sur la santé physique, mais laisse-moi faire un dernier point sur la santé mentale (de toute façon tu n'as pas le choix), injustement délaissée. Pourtant, à notre époque, avec l'avenir incertain, le changement climatique inexorable et la crise économique, sanitaire et sociale, y a de quoi paniquer un peu non ?

C'EST QUOI ÇA, L'ÉCO-ANXIÉTÉ ?

Aussi appelée solastalgie, l'éco-anxiété désigne un stress important relié aux problématiques climatiques et à leurs conséquences actuelles et futures. Environ 85 % des Français·e·s, selon l'IFOP[12], sont inquiet·e·s à ce sujet, donc il y a de très grandes chances que toi qui lis ceci, tu te sentes concerné·e (de façon plus ou moins régulière et intense). Fatalité ? Non. Il existe plusieurs astuces pour adoucir ces sensations, normales, mais parfois envahissantes : essayer de se couper des informations anxiogènes, suivre des médias qui relaient de bonnes nouvelles, intégrer des groupes de parole, rejoindre des collectifs militants qui permettent de transformer son angoisse en action ou consulter un·e psychologue si l'on en ressent le besoin et l'envie (puisque oui, aller voir un psy n'est pas synonyme de folie ou de faiblesse, au cas où). La santé, c'est un ensemble, donc on prend soin de son corps et de sa tête !

12. https://www.ifop.com/publication/les-francais-et-le-rechauffement-climatique-balise-dopinion-42/

TES NOTES

POUR ALLER PLUS LOIN :

LIVRES

- ***Beauté fatale***, Mona Chollet, La Découverte, 2015 : pour s'informer sur les diktats de beauté créés par la société.

CHAÎNE YOUTUBE

- ***La petite Gaby*** pour des avis sur les marques.
- La série de vidéos **« Derrière les cosmétiques »** de Cynthia Dulude pour comprendre tout l'envers du décor de cette industrie.

COMPTES INSTAGRAM

- **Peau neuve**
- **La Biotista**
- **Empreinte naturelle**
- **La famille tortue**

La ChaMbrE

MARS
L M M J V S D
7:02

La ChaMbrE

Cocon de la maison pour certain•e•s, pièce unique pour d'autres (on connaît le studio avec bureau, armoire et lit simple), elle est le cœur de nos nuits, de nos penderies, de nos lectures et de nos potentielles relations charnelles. Mais derrière les oreillers moelleux se cachent de sombres secrets. Tu ne me crois pas ? Et si je te dis que chaque année, 5 millions de matelas sont jetés en France ? Que 70 % de l'eau en Chine est polluée à cause de l'industrie textile ? Que la plupart des sex-toys contiennent du phtalate DEHP, un composant interdit dans les jouets pour enfants depuis 2005 ? Allez, enfile ton pyj' et on y va !

LE LIT

Vingt-six ans. Au-delà d'être l'âge auquel on perd énormément d'avantages financiers (♫ non, je ne vous oublie pas les réducs ciné, non, jamais ♪), c'est le temps que l'on passe en moyenne à dormir dans toute une vie[1]. D'où l'importance de s'assurer que notre sommeil ne soit néfaste ni pour nous, ni pour les autres.

Comme dans ce livre on sait recevoir, voici comment te bâtir le parfait lit écoresponsable afin que tu puisses dormir sur tes deux oreilles.

(Si c'était possible, serait-ce au moins confortable ?!)

Les ennemis du lit À COMBATTRE

- **LES DÉRIVÉS DU PÉTROLE** : contenus dans les mousses en polyester et polyuréthane afin de rendre le matelas antibactérien, ils dégagent des phtalates, des composés organiques volatils (COV), des isocyanates et autres joyeusetés que l'on a bof envie de respirer.
- **LES ENGRAIS CHIMIQUES ET LES PESTICIDES** : présents dans les fibres utilisées dans les couettes, les oreillers et les matelas, ils peuvent provoquer des réactions allergènes.
- **LE TRANSPORT DES MATIÈRES** : que ce soit pour importer les matières ou le produit fini, tu sais bien que plus ça vient de loin, plus la facture de CO_2 pique.
- **L'UTILISATION DE FIBRES ANIMALES** : certaines marques proposent des éléments de literie composés de laine, de crin de cheval ou de plumes d'oiseaux et les méthodes ne sont pas toujours éthiques, tu t'en doutes bien.
- **L'APRÈS USAGE** : chaque année, 5 millions de matelas et sommiers sont enfouis[2] et ces derniers mettront plus de 100 ans à se dégrader[3] (autrement dit, ils nous enterreront tous•tes).

1. https://lesavaistu.fr/combien-de-temps-passons-nous-a-dormir-dans-une-vie/
2. https://www.planetoscope.com/recyclage-collecte/1277-.html
3. https://www.consoglobe.com/recyclez-matelas-sommie-cg

Portrait du lit écolo

• **SOMMIER :** je te conseille fortement la seconde main (Emmaüs, brocante, dépôt-vente…), où tu en trouveras facilement et à moindre coût. Si tu veux du neuf, les marques Ecomatelas (fabriqué à Montpellier, dans une menuiserie collaborative, avec du bois de pins français) mais aussi Tediber (fabriqué en Belgique, avec du bois de forêts scandinaves gérées écologiquement et sans composant nocif) ne sont pas mal du tout.

• **MATELAS :** la seconde main peut aussi être envisagée, mais il faut être VRAIMENT vigilant·e quant aux punaises de lit et autres microbes envahissants.
Heureusement, certaines enseignes comme 101 nuits ou de nouveau Ecomatelas proposent des matelas d'occasion désinfectés et garantis.
Si tu achètes à un particulier, nettoie-le avant toute utilisation : tu peux mélanger 1 verre de vinaigre blanc avec 3 verres d'eau chaude que tu viendras frotter sur le tissu, puis tu rinces avec un torchon humide avant de laisser sécher à l'air libre. Pour du neuf, tu peux regarder du côté de marques comme Le Matelas Vert, Tediber, Wopilo ou encore Bonnuit !

• **COUETTE :** neuve ou d'occaz, à toi de voir. Préfère-la végane ou avec des fibres biologiques pour qu'elle ne soit pas bourrée de produits chimiques. Par exemple, la marque Kipli propose des couettes en pulpe de bois bio et la marque Camif des couettes en coton bio répondant à la norme Oeko-Tex (voir page 48).

• **OREILLER :** aujourd'hui, de nombreuses marques, comme Cocarde Verte, proposent des oreillers dont le rembourrage est fait de céréales locales et biologiques (sarrasin, épeautre, millet…).
Tu as aussi l'option 100 % latex naturel chez Kipli et l'occasion sur Leboncoin et confrères (n'oublie pas de la laver avant toute utilisation à la température indiquée et avec 2 balles de tennis dans le tambour de ta machine pour qu'elles « frappent » la couette pendant le lavage et évitent ainsi que son rembourrage ne fasse des boules !).

• **LINGE DE LIT :** brocantes, dépôts, Emmaüs, Vinted, les armoires des parents / grands-parents…
Je crois que je n'ai jamais acheté du linge de lit neuf tellement j'en ai chiné à droite et à gauche.
Ce n'est pas forcément simple de trouver des ensembles, mais patience est mère de vertu (il paraît). En neuf, tu peux te tourner vers la marque Zzzen qui propose du linge de lit joli et éthique.

Te voilà fin prêt·e à te laisser choir dans les bras de Morphée mais il reste un point non négligeable : prendre soin de tes affaires pour éviter d'en changer tous les 4 matins (on n'est pas Crésus ici).

4 ASTUCES POUR ALLONGER LA DURÉE DE VIE SON MATELAS

- **Mets un protège-matelas : pour prévenir les taches éventuelles et le protéger de l'humidité de la pièce et du ou des corps.**
- **Retourne 2/3 fois par an ton matelas : pour le faire respirer, éviter l'accumulation de poussière et empêcher qu'il ne s'affaisse trop.**
- **Aère quotidiennement ta chambre : 10 à 15 minutes suffisent pour renouveler l'air et cela donne un bon coup de boost au moral !**
- **Évite de border ton lit dès le matin : cela favorise la ventilation du linge au fil de la journée (et en prime, voilà l'excuse PARFAITE pour ne pas faire ton lit 😉 !).**

S'ENDORMIR

C'est bien mignon (et luxueux) d'avoir un nid douillet, mais il s'agirait de réussir à dormir. Avec 16 % de Français·e·s insomniaques[4], on n'est pas dans la mouise. S'il existe des traitements médicamenteux lorsque le manque de sommeil devient handicapant, quelques ripostes naturelles pour dire bye-bye aux interminables heures à fixer son plafond (qui nous propose le même programme tous les soirs, le bougre) sont tout aussi efficaces.

ÉTAPE 1 : MANGER 3 HEURES AVANT DE SE COUCHER

Si ton travail digestif vient à peine de commencer au moment où tu vas te coucher, ton corps va s'activer, soit le contraire de ce qu'on lui demande. Alors on mange léger et à l'heure des poules pour dormir comme un loir (*30 millions d'amis*, nous voici). Je t'arrête tout de suite, ne te prive pas systématiquement d'un gros repas tardif seul·e ou accompagné·e, NON MAIS ! Évite juste que cela soit (trop) récurrent.

4. https://institut-sommeil-vigilance.org/

ÉTAPE 2 : ARRÊTER LES ÉCRANS

Le plus tôt tu arrêtes, le mieux c'est (au moins 2 heures avant de te coucher). Nos écrans balancent de la lumière bleue qui dérègle notre horloge interne et perturbe notre production de mélatonine (une hormone qui dit « coucou, c'est la nuit » en gros), et ce, même si tu baisses la luminosité. Alors on privilégie les activités calmes et déconnectées comme la lecture, l'écriture, les étirements ou le crochet (si tu sais en faire, sinon ça risque de te crisper).

ÉTAPE 3 : BAISSER LA TEMPÉRATURE DE LA CHAMBRE

Le thermostat idéal serait de 18 °C, afin que notre corps puisse perdre 1 à 1,5 °C, essentiel pour un endormissement rapide et efficace. On n'oublie pas d'aérer tous les matins pour avoir un air plus pur et maintenir une température pas trop élevée (fais gaffe, je surveille ton thermostat !).

ÉTAPE 4 : BOIRE UNE TISANE

Sans théine, elle détend et apaise (et donne envie d'uriner, sois raisonnable sur la quantité pour éviter de faire le relais lit-toilettes toute la nuit). Et comme la nature est bien faite, plusieurs plantes sont naturellement efficaces contre les troubles du sommeil : valériane, passiflore, mélisse, tilleul, verveine officinale, fleur d'oranger, houblon (pas la bière hein, je te vois venir)... À toi de choisir ta préférée !

ÉTAPE 5 : RESPIRER

Une fois allongé·e, tu peux tester des exercices de respiration pour te faire glisser doucement du côté endormi de la force. Tu peux inspirer lentement, bloquer légèrement ta respiration et relâcher doucement. Simple, efficace, cela ralentit ton rythme cardiaque et tu vas sentir ton corps se relâcher.

ÉTAPE 6 : DEMANDER L'AIDE D'UN·E PROFESSIONNEL·LE AU BESOIN

Certains médecins ou psychologues sont spécialisé·e·s dans les problématiques du sommeil. Si tu sens que cette composante a un impact important sur ta qualité de vie (travail, relations sociales, santé...), n'hésite pas à demander conseil à ton médecin pour être accompagné·e en conséquence ! Tu as 26 ans à dormir, je te rappelle, alors on ne lésine pas sur la qualité.

LES FRINGUES

On s'attaque à un gros morceau. La relation aux vêtements peut parfois ressembler à celle avec la cigarette : on commence à en acheter pour faire comme les autres, on en abuse, puis on veut arrêter pour son porte-monnaie et sa santé. Tu me diras : « C'est rigolo tes métaphores, Celia, mais qu'est-ce que la santé vient faire avec la mode ? »

Quelques chiffres POUR COMPRENDRE l'ampleur du phénomène

- L'industrie textile est la deuxième plus polluante dans le monde[5], après l'industrie des transports. Qui dit polluante dit a fortiori pollution de l'air, des sols, et des eaux. Ainsi, par un habile effet domino, ça touche le vivant dans sa globalité.
- L'industrie textile émet 1,7 milliard de tonnes de CO_2 par an (ça fait BEAUCOUP d'allers-retours à New York City en avion) et 2,1 milliards de tonnes de déchets comme les chutes de tissus ou les vêtements invendus (ça fait BEAUCOUP de sacs-poubelle)[6].
- En France, environ 600 000 tonnes de vêtements arrivent sur le marché par an[7].
- En moyenne, un•e Français•e ne porte que 45 % de sa garde-robe[8].
- En 2015, la France a importé 36,5 milliards d'euros de textile[9] (et tu t'en doutes, pas à vélo).
- Le secteur emploie 75 millions de personnes[10] dans des conditions de travail précaires ou illégales (exploitation des enfants, employé•e•s sous payé•e•s, non-respect des droits des travailleur•se•s, risques sanitaires importants...).

Ça fait mal, hein ?

Non, je ne te dirai pas qu'il suffit d'arrêter d'acheter dans les magasins de fast fashion et d'investir dans des pièces éthiques françaises véganes en pousses de bambou.

D'abord, parce que des ingénieur·e·s, psychologues, communicant·e·s et autres travaillent jour et nuit à créer l'envie de consommer, ce n'est donc vraiment pas étonnant que l'on tombe tous·tes dedans.

Ensuite parce que l'on n'est pas tou·te·s égaux face à l'achat éthique : l'accessibilité à une mode plus respectueuse dépend de notre pouvoir d'achat, de notre morphologie, de notre temps libre, de notre situation géographique et j'en passe. L'idée, c'est de te donner quelques pistes d'action et que tu retiennes celles qui te paraissent envisageables.

5. https://www.coeurmandarine.fr/lindustrie-textile-chiffres/
6. https://www.wwf.ch/fr/nos-objectifs/wwf-rapport-sur-lindustrie-de-lhabillement-et-des-textiles
7. https://www.planetoscope.com/Commerce/1545-.html
8. https://www.lecho.be/economie-politique/belgique/economie/quelle-part-de-votre-garde-robe-vous-habille-quotidiennement/10039492.html?
9. https://www.insee.fr/fr/statistiques/3632345
10. https://www.europarl.europa.eu/news/fr/headlines/world/20170320STO67730/travailleurs-du-textile-le-cout-humain-des-vetements-bon-marche

COMMENT PASSER D'UN SHOPPING HEBDO DANS LES ENSEIGNES DE FAST FASHION À UNE CONSOMMATION RAISONNABLE ET DE SECONDE MAIN

(oui, c'est long comme titre, mais j'ai dit que j'étais écolo, pas concise !)

Prends conscience de tes mauvaises habitudes

Pour comprendre ses mécanismes, il faut les identifier : à quelle fréquence je fais du shopping, combien je dépense, combien de pièces j'achète... Note tout pour mesurer le problème, si problème il y a. Par la suite, si tu sens que tu as l'achat facile et compulsif, tu peux tenter de t'en priver volontairement un temps pour apprendre à t'en défaire. À toi de déterminer la durée d'abstinence en fonction de ta consommation initiale et de ce que tu possèdes déjà (si tu as deux tee-shirts qui se battent en duel, ce n'est pas la peine).

Fais du tri

À l'époque, j'avais usé de la fameuse technique des 3 tas (elle doit sûrement avoir un nom plus accrocheur, mais ici, on le dira comme ça) :

- les vêtements que j'aime, qui me vont et que je porte souvent => on garde ;
- les vêtements dont je veux me séparer puisqu'abîmés, plus à ma taille ou jamais portés => en fonction de l'état et de la valeur du vêtement, on vend ou on donne à des assos ou aux copains et copines. On peut aussi les déposer dans une benne à vêtements pour qu'ils puissent être recyclés ;
- les pièces de l'indécision, celles qu'on ne porte pas ou peu, mais qu'on a envie de garder AU CAS OÙ (quoi ? on ne sait pas) => on les range dans un carton et, si on n'a pas eu besoin ou pas eu envie d'aller les chercher au bout de plusieurs mois, on s'en débarrasse !

Choisis un petit rangement

C'est d'une logique implacable : plus on a de l'espace, plus on accumule. Investir dans une penderie de taille raisonnable, voire petite, t'obligera à ne pas avoir plus que de raison. Less is more, on a dit.

Applique la règle : « tu rentres, tu sors »

Non, je ne suis pas en train de dériver vers la partie sexe (voir page 52). Cette expression est un adage que j'ai inventé pour concilier envie de renouveau et refus d'accumuler. Le principe est simple : lorsque j'achète une nouvelle pièce, j'en sors une. Pas forcément de la même catégorie (si j'achète un jean, je peux me séparer d'une robe par exemple), mais ainsi je reste raisonnable sur la quantité !

Maintenant que l'on sait comment gérer sa consommation de vêtements, il ne reste plus qu'à savoir où s'en procurer. Magie ! Assez de solutions existent pour que tu puisses en trouver (au moins) une qui te convienne :

- fais des vide-dressing entre potes (l'occasion de passer un bon moment et de manger des gâteaux) ;
- regarde dans les placards des parents, grands-parents, etc., qui recèlent de trésors inexploités (et comme la mode est un éternel recommencement, c'est pratique) ;
- écume les brocantes, où il faut certes fouiner, mais où dorment des pépites à (très) bas prix ;
- va dans des friperies (tu peux trouver des adresses sur Internet ou demander conseil à ton entourage pour choper les bons plans) ;
- utilise les friperies en ligne sur des applications dédiées à cet usage comme Vinted et plus récemment Leboncoin.

Si tu as envie et les finances pour acheter du neuf, rassure-toi : il existe QUAND MÊME des marques éthiques. Depuis certains scandales médiatisés (comme les camps de travail forcé ou l'effondrement de l'immeuble de confection textile Rana Plaza au Bangladesh en 2013, qui a fait plus de 1 127 morts), de nombreuses enseignes se sont tournées vers une production dite plus respectueuse.

C'EST QUOI ÇA, LES CAMPS DE TRAVAIL ?

Cela désigne un endroit dans lequel est pratiqué l'esclavagisme de masse. Abolis dans la plupart des pays, ils existent encore dans certains : en Chine, les populations musulmanes des Ouïghours et des Kazakhs sont massivement internées en ces lieux afin de servir des entreprises, notamment textiles, en dépit de leur dignité, de leur sécurité et de leur santé. La liste des marques accusées de bénéficier de ces camps a été rendue publique depuis et des appels au boycott ont été lancés afin d'endiguer la pratique. L'Assemblée nationale a d'ailleurs reconnu en janvier 2022 le génocide et les crimes contre l'Humanité que subissent les Ouïghours.

Seulement voilà, comment être sûr·e de ne pas se faire avoir par une excellente, et peu scrupuleuse, communication marketing ?

LES RED FLAGS DES MARQUES DE TEXTILE

LES SOLDES (ENCORE PLUS ALERTANT SI LES REMISES SONT RÉCURRENTES OU IMPORTANTES) : une marque réellement éthique ne peut faire des coupes budgétaires puisque tous les maillons de la chaîne sont initialement rémunérés à leur juste valeur et sans trop de marge. Si elle se permet du – 50 %, c'est qu'une étape de la fabrication est lésée (travailleur•se·s, qualité du produit, matières utilisées, procédés de fabrication...).

TRÈS LARGE CHOIX D'ARTICLES ET COLLECTIONS SOUVENT RENOUVELÉES : le credo de la fast fashion, c'est de réactualiser constamment le catalogue pour pousser à l'achat. Une marque éthique ne peut techniquement pas produire autant et aussi vite et, pour des questions morales, n'aura pas envie de pousser à la consommation excessive ainsi.

DES CONDITIONS DE FABRICATION FLOUES : sur leur site, tu peines à trouver des informations sur les ateliers de production, sur la provenance des matières premières et sur les conditions de travail. Pars du principe que si une marque n'a rien à cacher, elle misera tout sur la transparence. N'hésite pas à leur poser des questions sur certains points pour voir s'ils sont en capacité de te répondre (et correctement).

ATTENTION : le lieu de confection n'est pas forcément synonyme de mauvais achat (si on enlève de l'équation le transport, qui rejettera davantage de CO_2). Il existe des entreprises hors Europe qui respectent le droit du travail, reconnaissables par des labels (comme Fairtrade). Paradoxalement, certaines entreprises textiles situées en Angleterre ont été épinglées pour rémunérer leurs employé•e•s 3,50 £ de l'heure (soit 3,86 €)[11]. Garde les yeux ouverts, qu'importe le pays sur l'étiquette !

UN VOCABULAIRE VAGUE : une marque peu scrupuleuse utilisera des mots génériques et estampillés comme écologiques, mais sans réelles définitions ou promesses. Quelques exemples de phrases trompeuses : « nos produits sont 100 % naturels » (qu'est-ce que cela veut dire ?), « notre démarche est respectueuse de l'environnement » (comment ? sur quels aspects ?), « nos vêtements sont éthiques » (c'est-à-dire ?)...

AUCUN LABEL : ce point est à prendre avec des pincettes. Les labels étant payants, certaines marques (surtout lorsqu'elles commencent) ne peuvent en bénéficier, alors que leur démarche est sincère. De plus, certains labels ne sont pas gages de qualité puisqu'ils soulignent l'envie de changement plutôt que le changement lui-même (habile, n'est-ce pas ?). Si certaines certifications sont rassurantes, il est toujours bon de creuser un peu plus.

11. https://www.francetvinfo.fr/monde/royaume-uni/angleterre-des-milliers-d-esclaves-dans-des-ateliers-textiles_4052205.html

Maintenant que tu sais repérer les signaux d'une relation vestimentaire toxique, il ne te reste plus qu'à connaître quelques labels textiles qui seront la cerise sur le gâteau de ton style (un peu tirée par les cheveux cette formulation, dis-tu ?).

Ces certifications, au-delà d'attester une certaine qualité de produit et une éthique dans la façon de produire, permettent aussi de se protéger de la toxicité de certains vêtements : plomb, phtalates, nanoparticules d'argent, colorants de synthèse… la liste des trucs-qu'on-n'a-pas-envie-d'avoir-sur-soi est longue. Pour s'en protéger, le mieux est de toujours laver notre nouvelle pièce avant de la porter !

Et si tu as envie d'avoir des sortes de guides spirituels pour te prendre par la main dans l'aventure de l'habillement clean, tu peux utiliser des catalogues de marques engagées comme Marqu'IZ ou The Good Goods : il suffit d'y rentrer tes critères (prix, type de pièce, composition…) et ils feront le boulot à ta place !

Liste non exhaustive DE LABELS TEXTILES

GOTS : il certifie un minimum de 95 % de matière biologique dans le vêtement en question ainsi que l'interdiction du travail forcé et de l'emploi des enfants.

PETA : il atteste que le vêtement est végane, c'est-à-dire qu'il ne contient aucune matière animale.

FAIR WEAR FOUNDATION : il permet le contrôle des conditions de travail des différent•e•s employé•e•s.

GLOBAL RECYCLED STANDARD (GRS) (rien à voir avec la gym) : il est utilisé lorsque le produit est recyclé et respecte les critères environnementaux et humains.

FAIRTRADE : il assure un prix juste et stable aux petit·e·s producteur·rice·s et la sécurité des employé•e•s.

OEKO-TEX : c'est la référence de la sécurité sanitaire ; il certifie l'absence de substances toxiques pour l'être humain ou l'environnement dans le vêtement.

FRANCE TERRE TEXTILE : les trois quarts des opérations de fabrication des vêtements sont françaises, et ce, selon des principes de circuit court.

LES LIVRES

C'est sûrement ma partie préférée ! C'est simple, dès que j'ai su lire, je n'ai fait que ça. Et vas-y que je te dévalise la librairie du coin, et vas-y que j'en demande à Noël, et vas-y que je m'inscris en classe littéraire où la moitié de mon travail est de faire des fiches de lecture… Durant toutes ces années, j'ai dû acheter le triple de mon poids en pages noircies et débourser l'équivalent d'un de mes reins.

Et là, tu vas me dire : « Celia, tu penses à la planète et à tous les arbres que tu tues avec tes bêtises ?! Achète une liseuse électronique, non mais ! »

Alors déjà :

- qu'est-ce que c'est que ce ton ?!
- et ensuite, figure-toi que le combat livre VS liseuse n'est pas si simple et que tout dépend de comment et combien tu consommes… (Suspense !)

C'EST QUOI ÇA, L'OBSOLESCENCE PROGRAMMÉE ?

Un jour, tu utilises ton ordinateur, tout va bien et… PAF ! Le bug. Tu l'apportes au magasin pour comprendre, on te sort un charabia technique, un prix de réparation exorbitant et tu ressors avec un nouvel ordinateur. L'obsolescence programmée, c'est à peu près ça. Ce sont les techniques utilisées par les entreprises pour donner volontairement une fin de vie aux produits technologiques et ménagers (via un nombre d'heures d'utilisation maximum par exemple). Malin, puisque cela t'oblige à acheter prématurément un nouvel objet. Plusieurs lois tendent à vouloir contrôler ces pratiques, notamment pour indiquer sur le produit s'il est facilement réparable ou non, mais c'est encore peu répandu.

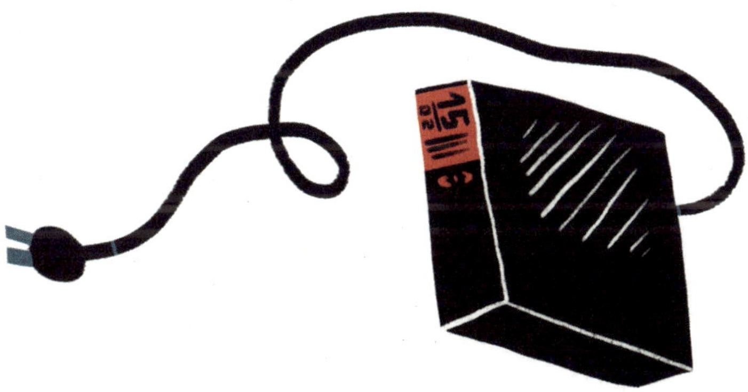

LIVRE VS LISEUSE ÉLECTRONIQU

LET'S FIGHT !

LIVRE

AVANT L'UTILISATION

Pour faire un livre, il faut ( ) : DU PAPIER !
Et pour faire du papier, il faut ( ) : DES ARBRES !
Tu l'auras ainsi deviné, ce sont les ressources des sols et l'eau qui vont morfler. Son impact environnemental dépendra de plusieurs critères : la provenance du papier (plus c'est loin, plus ça pèse), s'il est recyclé ou non (et dans quelles proportions), s'il provient de forêts gérées durablement ou non (dans le cas contraire, il peut venir d'actions de déforestation en Amérique du Sud ou de cultures pleines de pesticides). Selon la qualité du papier, un livre émettrait donc de 1,2 kg de CO_2 à 8 kg environ[12] (un beau bébé, quoi). À la dernière page, tu peux d'ailleurs regarder le bilan carbone de cet ouvrage. J'espère qu'il est bon, sinon tu peux t'adresser directement à mon éditeur.

PENDANT L'UTILISATION

De ce côté, rien de foufou. Peut-être des calories, genre 4 à tout casser, en tournant les pages avec son doigt quoi.

APRÈS UTILISATION

Le livre papier a une durée de vie moyenne d'une dizaine d'années, pour peu qu'on en prenne soin.
<u>(Pas) fun fact :</u> s'il est jeté en décharge, sa décomposition générera deux fois plus de pollution et de gaz à effet de serre qu'à sa fabrication. Ballot, comme on dit. Le mieux reste donc de lui trouver une seconde vie ou de le recycler (l'avantage c'est que le papier, ce n'est pas trop compliqué). Tu peux notamment faire appel à La Recyclerie des Livres qui redistribuera, recommercialisera ou recyclera ton bouquin !

LISEUSE

AVANT L'UTILISATION

Pour une liseuse, ce ne sera pas du papier, mais des composants électroniques, des minerais, des métaux rares, du lithium, du plastique… bref, une soupe peu ragoûtante (et non renouvelable). L'extraction de ces derniers pollue l'eau et les terres, est une cause importante de la déforestation et a souvent lieu dans des zones de conflit. Pour ce qui est de son empreinte carbone, une liseuse oscillerait entre 168 kg de CO_2 et 240[13] (un TRÈS beau bébé, quoi).

PENDANT L'UTILISATION

La liseuse exige de l'électricité pour être chargée ainsi que de l'énergie pour le stockage desdits livres. Cet impact est moindre par rapport à la fabrication, mais il est quand même là.

APRÈS UTILISATION

La durée de vie d'une liseuse varie entre 2 et 5 ans en moyenne (davantage si tu es très précautionneux•se, moins si tu craques sur un nouveau modèle alors que le tien fonctionne encore). La plupart des marques de liseuses s'engagent à les reprendre une fois leur vie terminée afin d'en récupérer quelques composants. Dans le cas contraire, il faudra se renseigner auprès des déchetteries de ta ville pour qu'elle soit envoyée à un organisme de recyclage adapté. Dans tous les cas, on retient une chose : ON NE JETTE PAS SES APPAREILS ÉLECTRONIQUES À LA POUBELLE (pardon pour les majuscules, mais il faut ce qu'il faut).

12. 13. https://www.ecoco2.com/blog/livre-ou-liseuse-leur-empreinte-carbone-comparee/

BILAN DU DUEL : l'achat d'une liseuse peut être intéressant si on lit (vraiment) beaucoup et que l'on en prend grand soin. Le nombre de livres qu'il faudrait consommer afin d'amortir son bilan carbone varie, selon les études, de **23 LIVRES PAR AN À 180**. Dans tous les cas, si tu n'es pas un·e ogre·sse de la lecture, le livre classique papier reste le plus intéressant (et le moins concerné par l'obsolescence programmée, accessoirement).

La solution serait plutôt de penser le livre comme un circuit. How ? Don't worry, I'll show you ! (Oui, je suis bilingue aussi et pour ceux·elles qui ne le sont pas : « Comment ? T'inquiète, je vais te montrer ! »)

LE CERCLE INFINI
DES LIVRES

- PRIVILÉGIER LES LIBRAIRIES INDÉPENDANTES
- MUTUALISER LES ACHATS AVEC LES AMI·E·S, LA FAMILLE...
- ACHETER DE SECONDE MAIN DANS LES BROCANTES ET DANS LES LIBRAIRIES SPÉCIALISÉES
- EMPRUNTER DANS LES BIBLIOTHÈQUES, LES MÉDIATHÈQUES, AUX PROCHES
- SE SERVIR DANS LES BIBLIOTHÈQUES EN LIBRE-SERVICE DISPONIBLES DANS L'ESPACE PUBLIC
- LIRE LE LIVRE (EN EN PRENANT SOIN)
- LE PRÊTER POTENTIELLEMENT
- LE REMETTRE DANS LE CIRCUIT : LE DONNER À DES PROCHES, À DES ASSOCIATIONS
- LE VENDRE À DES LIBRAIRIES D'OCCASION
- LE RENDRE À LA BIBLIOTHÈQUE, MÉDIATHÈQUE
- LE DÉPOSER DANS UNE BIBLIOTHÈQUE EN LIBRE-SERVICE...

ET BAM ! Full cycle again, comme dirait JCVD.

LE SEXE

Certes, on ne pratique pas le sexe QUE dans la chambre, mais il fallait bien le mettre quelque part. D'ailleurs, on ne pratique pas tous·tes le sexe : pour des raisons religieuses, pour des raisons émotionnelles, physiques, traumatiques, parce que l'on souhaite attendre ou parce que l'on est asexuel·le (se dit d'une personne qui ne ressent pas ou peu d'attirance sexuelle pour l'autre ou elle-même). Cependant, on est tous·tes concerné·e·s par ce chapitre : lorsque l'on sait la féminisation grandissante de certains poissons des rivières françaises due à la présence de perturbateurs endocriniens, dont la pilule, dans les eaux usées[14], le sujet dépasse notre lit, non ? Eh oui, le sexe, ô combien plaisant, pollue par trois facteurs principaux : la contraception, les lubrifiants et les accessoires que l'on peut utiliser. Pas de panique, voici plein d'alternatives plus responsables pour t'envoyer en l'air sans mettre la planète à quatre pattes ! (Peu subtil, je sais, pardon)

La contraception

En ce qui concerne la contraception, indispensable pour se protéger des infections sexuellement transmissibles et/ou pour éviter une grossesse non désirée, il n'y a techniquement pas de bonnes ou de mauvaises options : ce choix t'appartient en fonction de ce qui t'est le plus adapté, pratique et confortable.

AVEC QUOI ON SE PROTÈGE ?

- Le préservatif « masculin ».
- Le préservatif « féminin ».
- L'implant hormonal.
- Le stérilet hormonal.
- Le patch contraceptif.
- L'anneau vaginal.
- La contraception « masculine » thermique.
- Le stérilet en cuivre.
- La vasectomie.
- La ligaturation des trompes.

Le préservatif masculin reste la contraception la plus courante, avec 856 capotes fabriquées et vendues chaque seconde dans le monde[15]. Mais derrière ce petit bout de latex se cachent pétrole et polyuréthane, le tout non biodégradable et d'une fabrication rarement locale. Mais eurêka ! Il existe une solution entre « prendre des risques insensés », « se forcer à l'abstinence » et « envahir la planète de preservatifs polluants » : les préservatifs écoresponsables !

14. https://www.eea.europa.eu/publications/late-lessons-2
15. https://www.planetoscope.com/lamour/578-.html

Liste non exhaustive DE MARQUES DE PRÉSERVATIFS ÉTHIQUES

- **EINHORN :** marque allemande, en latex de caoutchouc naturel, végane et emballé dans du papier recyclable et fun (puisqu'imitant des emballages d'autres produits type chips).
- **FAIR SQUARED :** latex de caoutchouc 100 % végétal qui provient du commerce équitable, végane. La matière première est transformée en Allemagne, l'emballage papier est recyclable et une partie des bénéfices sert à la reforestation (8,90 € environ les 10 préservatifs).
- **GREEN CONDOM CLUB :** certifiés sans paraben, sans caséine, sans talc et autres produits toxiques (la composition est d'ailleurs entièrement détaillée sur l'emballage), végane, gluten free, marque suisse (12,90 € la boîte de 10).
- **SIR RICHARD'S :** en latex naturel, certifiés végane (donc sans caséine, paraben, glycérine...) et approuvés par PETA. De plus, pour chaque préservatif acheté, la marque s'engage à en offrir un à un pays en voie de développement.

Trois points fondamentaux à ne pas négliger cependant :

1. Ne te culpabilise pas de ne pas pouvoir te procurer des préservatifs éthiques par manque de budget : le principal, c'est de te protéger. Si ta situation financière complexifie l'accès à cette contraception en général, sache qu'il existe certaines marques (comme Eden ou Sortez Couverts) qui sont remboursées par la Sécurité sociale en pharmacie grâce à une prescription de ton médecin. Tu peux aussi t'en procurer gratuitement au Planning familial, dans les infirmeries de ton établissement scolaire, dans les centres de dépistage, les centres médico-sociaux... N'aie pas honte d'en profiter, ta santé et celle de ton·ta partenaire passent avant tout le reste.
2. Biodégradables ou non, les préservatifs ne se jettent jamais dans la nature ou dans les toilettes (ni dans les caniveaux, les magasins, ou sur les gens d'ailleurs). Qu'ils soient éthiques ou pas, c'est TOUJOURS dans la poubelle. Et si tu es gêné·e que quelqu'un puisse tomber dessus, tu peux jeter autre chose par-dessus (oui, j'ai été adolescente aussi).
3. La contraception est une affaire commune : les différent·e·s participant·e·s à la relation sexuelle doivent être au courant et consentant·e·s à la contraception et au mode de protection qui sera utilisé pendant l'acte. On ne négocie pas pour ne pas en mettre, on ne retire pas le préservatif pendant et si l'on n'a rien sous la main pour se protéger (alors qu'on souhaite le faire), on reporte la mission. Avec un peu de chance, ça fera monter la tension pour la prochaine fois !

C'EST QUOI ÇA, LA CHARGE MENTALE ?

Il s'agit d'un concept qui désigne tout le travail d'organisation, de planification, de gestion d'une ou de plusieurs tâches de façon intangible et quasi constante. En plus clair, c'est le fait de devoir penser, demander, déléguer et prévoir quotidiennement. Majoritairement incombée aux femmes ou aux personnes perçues comme telles, elle peut toucher l'éducation des enfants, les courses, la gestion de la maison mais aussi la contraception ! Bien que les ovules soient féconds environ 5 jours par mois, alors que les spermatozoïdes sont opé 365 jours par an, ce sont souvent les personnes qui ovulent qui doivent penser ou endosser la contraception, notamment dans le cadre de relation longue. Alors, on partage au maximum les démarches, les dépenses liées à cet aspect et on se renseigne pour choisir le plus adéquat pour les deux partenaires !

La lubrification

Maintenant protégé·e·s, reste à être lubrifié·e·s. « Qui s'y frotte, s'y glisse », comme on dit (on ne le dit pas ?), et encore mieux si c'est sans additifs chimiques. Si l'on peut se satisfaire de la lubrification naturelle, elle n'est pas toujours suffisante (et n'a pas de rapport avec l'excitation, par ailleurs). Dans ce cas, plusieurs alternatives existent :

- tu peux utiliser des huiles végétales (lin, coco, amande douce, nigelle, noisette, jojoba...) qui sont naturellement très efficaces. Attention ! L'huile n'est pas compatible avec le latex (donc avec les préservatifs) parce qu'elle les rend poreux, et donc inefficaces !
- si tu utilises des préservatifs, tu peux utiliser du gel d'aloe vera, qui, lui, est compatible avec cette contraception, ou des lubrifiants industriels éthiques comme la marque My Lubie (français, végane et à base d'eau) ou Yesforlov (français, végane, cruelty-free) pour un max de plaisir et un minimum de toxicité.

Car oui, rappelons-le, un rapport n'est pas censé te faire mal (si ce n'est pas l'effet recherché), ce pour quoi il est important d'être connecté·e à ses sensations et savoir dire, au besoin, « TEMPS MORT, RÉASSORT DE LUB ' » (t'es pas obligé·e de le dire comme ça). L'objectif est toujours le même : passer un bon moment.

Les sex-toys

Pour t'éclater, tu peux utiliser des jouets : ce n'est absolument pas obligatoire, mais ça peut être un bonus dans ta pratique. Et aujourd'hui, on a le choix : sex-toys connectés avec 16 vitesses, LEDS multicolores et écrans plats 4K (ok, j'abuse). Face à toutes ces offres, comment se faire plaisir durablement, dans tous les sens du terme ?

Sans surprise, tout ce qui fonctionne avec des piles ou un moteur est plus polluant : fabrication – utilisation – destruction, tu connais le trio perdant. Comme toujours, l'idée n'est pas de détruire ceux que tu possèdes déjà ou de t'empêcher d'en acquérir si c'est ton souhait, tout n'est qu'une question de mesure :

- ai-je besoin d'en avoir 70 ? (Bof.)
- suis-je horrible si je possède déjà des sex-toys électronisés ? (Non, tu peux encore t'en sortir.)
- pour mes prochains achats, existe-t-il des jouets plus éthiques ? **(OUI !)**

Si tu souhaites posséder des sex-toys connectés, privilégie les marques transparentes sur la compo (vu les parties du corps que ça touche, autant assurer ses arrières lol).

LES MARQUES DE SEX-TOYS CONNECTÉS que je te conseille

- Leaf.
- Lelo.
- Gaïa.
- Fun factory.
- Goliate.

De quels composants se méfier ?

- Phtalates.
- Chlore (ça paraît logique).
- Nickel.
- Phénols.
- Hydrocarbures aromatiques.

De plus, il est important (comme pour tout objet connecté) d'en prendre grand soin afin qu'il soit opérationnel le plus longtemps possible. Certaines marques proposent même des garanties sur leurs sex-toys, comme Satisfyer qui assure ses produits 15 ans (on a le temps de se faire plaisir). Mais puisque l'écrasante majorité des jouets ne sont pas réparables, reste à leur offrir une fin de vie moins polluante. Pour cela, on ne jette pas ses sex-toys dans des poubelles classiques, mais on les recycle autant que faire se peut :

- dans les boutiques **Passage du Désir** : elles les récupèrent afin d'en extraire certains éléments réutilisables et offrent un bon de réduction lors du déport ;
- dans les points de collecte **Ecosystem** : ils les transforment en d'autres objets, notamment en mobilier de jardin (oui, oui !).

En définitive, les sex-toys « non-mécaniques », actionnés par des mains et non des moteurs, sont bien moins polluants. De nombreuses marques proposent aujourd'hui des jouets dans des matières naturelles, durables et saines.
On va parler de bois et de verre mais ne prends pas peur, les objets sont bien entendu travaillés de sorte à être sans danger et agréables à utiliser (on est loin du tronc d'arbre initial, quoi). Tu n'y trouveras pas le plastique et le silicone, non pas parce qu'ils sont à mettre sur le bûcher obligatoirement, mais parce qu'ils sont assez classiques dans le game des jouets olé olé. Ici, tu vas découvrir des matières plus rares qui méritent, selon moi, un p'tit coup de projecteur. 😉

Et le porno dans tout ça ?

Côté éthique comme écologique, le constat n'est pas fameux : pollution numérique (voir page 70), création massive d'idées reçues sur la sexualité (allant de « c'est pas du tout comme ça que ça se passe » à « dangereux »), travail précaire... le bilan est mitigé. Rien ne sert de s'en priver à tout prix, mais garde à l'esprit que ce n'est pas la réalité et que ta propre imagination est définitivement plus responsable et saine !

Welcome to les matières sympas pour toi et le monde

• LA CÉRAMIQUE

Caractéristiques : non poreuse, hypoallergénique, la céramique peut changer facilement de température et sa texture est très lisse et douce (et donc nécessite moins de lubrification que d'autres).

Marques conseillées : Prudence, Pipedream.

• LE BOIS

Caractéristiques : polis à la main, recouvert d'un vernis résistant et à base d'eau (donc hypoallergénique), les fabrications sont très souvent françaises, le tout pour un rendu très doux au toucher et sans risque d'échardes, évidemment. De plus, elles peuvent avoir des formes très diverses étant donné les possibilités de travail sur cette matière (et certaines marques proposent même du sur-mesure !).

Marques conseillées : Idée du désir (Charente), Bobtoys (Vosges).

• LE VERRE

Caractéristiques : simple à utiliser, à nettoyer et joli de surcroît, il est très intéressant pour ceux·celles qui aiment jouer avec les températures, puisque le verre peut être refroidi ou réchauffé. Il supporte également toutes les sortes de lubrifiant, ne risque pas de fondre (contrairement à ses cousins en plastique) et ne risque pas de se casser pendant l'utilisation (il faut tout de même être vigilant•e à ne pas le balancer partout, genre du 3e étage, et le vérifier avant chaque utilisation). S'il l'est, tu peux toujours le transformer en objet décoratif original à mettre sur une étagère (en tout cas, plus en sex-toy quoi)…

Marques conseillées : Gläs, Pipedream.

• LE MÉTAL / LA PIERRE

Caractéristiques : ce sont des matériaux résistants et qui ont la particularité d'être plutôt lourds (ce qui, en fonction des préférences de chacun•e, peut être un avantage comme un inconvénient). La matière est donc lisse, rigide, froide (mais peut être réchauffée), et dure particulièrement bien dans le temps.

Marques conseillées : Njoy, Laid.

Tu n'as plus qu'à matcher ta matière préférée et à l'utiliser en solo ou en duo, toujours avec communication et consentement !

C'EST QUOI ÇA, LE CONSENTEMENT ?

C'est le fait de donner son accord à autrui pour des mots, des gestes, des comportements ou des actions. Ici, dans le cadre relationnel, c'est le fait de demander explicitement l'approbation des personnes concernées par un acte, quel qu'il soit, et ce, sans menace, surprise, chantage, autorité, abus de pouvoir ou absence de réponse. Pour ce faire, il est important d'être en possession de ses moyens, dans un climat de respect, de bienveillance et de non-culpabilité. En plus clair, tu es libre de dire non dans toutes les situations, y compris quand :

- tu es en couple avec la personne en question ;
- tu as dit oui avant (tu peux changer d'avis à n'importe quel moment, même pendant) ;
- ton corps présente des signes d'excitation (qui ne sont pas forcément raccord avec tes pensées).

En gros, un non est toujours un non, et tu n'as pas à t'en justifier !

POUR ALLER PLUS LOIN :

LIVRES

- ***Jouissance Club***, Jüne Plã, Marabout, 2020.
- ***Au-delà de la pénétration***, Martin Page, Le Nouvel Attila, 2020.
- ***Mon dressing heureux***, Céline Séris, Hachette Pratique, 2021.
- ***Fashionapolis***, Diana Thomas, De Boeck Sup., 2020.
- ***Slave to Fashion***, Safia Minney, New Internationalist Publications Ltd, 2017.
- ***Le Slow Sex***, Diana Richardson, Marabout, 2019.

CHAÎNE YOUTUBE

- **Clemity Jane**
- **Iznowgood**
- **Camille Lorente**

DOCUMENTAIRES

- ***Les dessous de la mode à bas prix*** (Arte).
- ***Luxe, les dessous choc*** (Cash investigation).
- ***The True Cost*** (Netflix).
- ***Préliminaires*** (Arte).
- ***Dormir à tout prix*** (Arte).

COMPTES INSTAGRAM

- **je m'en bas le clito**
- **orgasme et moi**
- **rubipigeon**
- **manon lecor**
- **chloé tesla**
- **rosa bonheur**
- **emmasitan**

TES NOTES

LA PièCE à VivRe

PIZZA

LA PièCE à VivRe

Communément appelée « salon » (ou « graal » par les personnes plus précaires), la pièce à vivre est le nœud de l'habitat, là où tout passe, où tout se passe. C'est ainsi que je vais le traiter ici : on va parler de TOUT ce qui est inhérent au fait d'avoir un toit, tout ce qui est indispensable dans chaque pièce de chaque demeure. Tu l'auras deviné, on va parler karaoké, teuf jusqu'au bout de la nuit et confettis. YEAAAAH ! Mince, je me suis trompée de texte : on va parler ménage, chauffage et électricité. Ok, ça paraît moins fun, mais fais-moi confiance, tu vas apprendre en t'amusant (ça fait Dora l'exploratrice, non ?) et acquérir quelques combines pour :

1. moins détruire la planète ;
2. remplir ton porte-monnaie (pour faire du karaoké et la teuf jusqu'au bout de la nuit, pas folle la guêpe).

LE MÉNAGE

Lorsque j'ai commencé à vivre seule, j'ai repoussé le sujet jusqu'à avoir davantage de cartons de pizza chez moi que de livres de cours. Premier réflexe d'achat : les produits ménagers chimiques avec des bouteilles aux couleurs hyper flashy et des noms du genre « Dézingueur de taches 3 000 ». Et quelle efficacité ! En quelques minutes, tu décrasses, débouches, détartres ou blanchis à peu près tout, éviers comme poissons 🙃

Et comme j'avais bof envie de désinfecter des carpes, j'ai cherché des solutions faciles, peu chères et rudement puissantes pour faire briller mon intérieur... et pas le reste.

Parce que toutes ces cochonneries (pour ne pas être plus grossière que cela) se retrouvent dans l'eau, le sol et surtout dans notre habitat. Accroche-toi à quelque chose de stable : l'air intérieur est 5 à 7 fois plus pollué que celui de l'extérieur, avec plus de 900 substances chimiques[1] (fumées de cuisson, bougies parfumées, produits d'entretien évidemment, peintures, encens...). Contre cela, il n'y a pas 36 000 solutions, mais trois :

1. aérer matin et soir (plus efficace que toute plante dépolluante ou purificateur d'air) ;
2. utiliser des produits naturels pour nettoyer ;
3. repérer les logos à éviter à tout prix (facile, généralement on dirait des affiches de films d'horreur avec des crânes ou du liquide qui se déverse sur des poissons morts).

Alors ciao les allergènes et les perturbateurs endocriniens, welcome au bicarbonate de soude et au vinaigre blanc !

les principaux composants À ÉVITER DANS TES PRODUITS D'ENTRETIEN

- **L'AMMONIAQUE** : on la retrouve dans de nombreux nettoyants chimiques (toilettes, vitres, voitures...) et elle est très irritante pour les voies respiratoires.
- **LES COV** : tu t'en souviens de ceux-là ? Non ? Tu as dû mal lire la partie sur les composés du lit (p. 39), mais je ne t'en veux (presque) pas.
- **LES PHOSPHATES** : principalement repérés dans les tablettes de lave-vaisselle, ils sont toxiques pour l'eau et sa biodiversité.
- **LES PARFUMS** : logiquement présents dans tout ce qui est désodorisant (coucou le spray toilette), beaucoup sont identifiés comme étant des perturbateurs endocriniens.
- **LE DICHLORE** : gaz très toxique contenu dans la javel.
- **LES TERPÈNES** : hydrocarbures irritants et allergènes, souvent utilisés pour odoriser les produits.
- **LES TENSIOACTIFS** : permettent de lier différents fluides ensemble, ils peuvent provoquer des allergies et des irritations et sont très corrosifs dans la nature.

1. https://multimedia.ademe.fr/infographies/infographie_produits_menagers/index.html

TES MEILLEURS POTES DU NETTOYAGE

LE BICARBONATE DE SOUDE

- Abrasif léger, il sera ton meilleur allié pour frotter.
- Désodorisant, il neutralise les odeurs pour un max de fraîcheur.
- Il nettoie et assainit toutes les surfaces, de ton plan de travail de cuisine à tes dents (si, je te jure).

LE SAVON NOIR

- Dégraissant ho
pair, il rendra t
sol tout comme
brillant.
- Il détache le lin
comme personn
- Très économique
il suffit d'en dilu
une petite quant
pour un max
de surface.

LE VINAIGRE BLANC

- Bye bye le calcaire et le tartre, ton fer à repasser, ta bouilloire et ta cafetière te le rendront.
- Redoutable ennemi des gouttes d'eau, des traces de mains et de pattes d'animaux sur les vitres.
- Comestible, il est également un nettoyant du tonnerre pour tes salades, fruits et légumes traités.

LES CRISTAUX DE SOUDE

- Plus coriaces que le bicarbonate, ils viendront à bout des taches les plus tenaces (sang, fruits rouges, graisse...).
- Sans pitié avec la vaisselle sale.
- Redonne de l'éclat à ce qui peut ternir (tes verres, mais pas ton teint, hein).

LE PERCARBONATE DE SOUDE

- L'as du blanchiment (de linge, pas d'argent).
- Antibactérien naturel, il désodorise tout, même les linges de bébé (ou tes tenues de soirées endiablées).
- Idéal pour le nettoyage en profondeur de tes toilettes.

LE SAVON DE MARSEILLE

- Il viendra remplacer sans pitié ton liquide vaisselle chimique.
- Tout doux pour nettoyer à la main ton linge délicat.
- Il peut même faire briller tes bijoux de famille (pas ceux auxquels tu penses).

L'ACIDE CITRIQUE

- Exit le moisi, il boxera traces de mousses et autres champignons non désirés.
- Idem pour la rouille, pas de quartier.
- Et peut même adoucir le linge, comme quoi, *sky is the limit.*

L'EAU

- Eh bien oui, la plupart des produits ménagers que tu pourras faire toi-même seront majoritairement composés d'eau chaude ou froide.
- Seule, elle peut être amplement suffisante pour venir à bout de taches peu incrustées, pour peu que l'on frotte un minimum.
- Elle permet aussi de faire tremper des éléments très tachés, comme des casseroles par exemple.

LE SEL

- Il peut être transformé en pâte abrasive pour des surfaces pas trop fragiles.
- Il ne laissera aucune chance aux taches de café et de thé au fond des tasses.
- Il est aussi un allié dans la préservation des couleurs des jeans (oui, oui).

LE CITRON

- Antiseptique naturel, il désinfecte et stérilise tout ce qui se trouve sur son passage.
- Il parfume et capture les odeurs, notamment dans le frigo.
- Parfait pour nettoyer les joints de carrelage qui ont tendance à noircir avec le temps.

L'HUILE DE COUDE

- Vegan, gratuite, accessible.
- Elle viendra appuyer l'efficacité de tous les produits cités ci-dessus.
- Encore plus efficace quand elle est couplée à l'écoute de musiques entraînantes.

LES LINGETTES EN MICROFIBRES, TORCHONS ET BROSSES EN BOIS

- Eh oui, c'est pas l'tout d'utiliser des produits biodégradables et sans danger pour la nature et pour sa santé, mais c'est encore mieux si c'est appliqué avec des tissus durables. En remplaçant essuie-tout et éponges jetables par des lingettes, des torchons et des brosses en bois dont la tête est interchangeable, tu viens magnifier toute la démarche !

Pas pratique d'avoir les ingrédients d'un gâteau sans la recette, n'est-ce pas ? Enfile ton plus beau tablier (ou le tee-shirt que tu aimes le moins), des gants (réutilisables) et ton plus beau sourire, on va assembler tous ces beaux personnages pour en faire les cakes du ménage responsable. 😉

Je ne vais pas faire semblant, parfois je n'ai pas les ingrédients, le temps, ou simplement la motivation de faire certaines recettes. Une autre option : l'achat conscient. Tu peux te procurer des produits ménagers en épicerie bio où ils seront plus sains, parfois même en vrac. Un bon entre-deux pour concilier train de vie rythmé et entretien de son domicile : pour nettoyer, balayer, astiquer (♫ casa toujours pimpante ♪), il n'y a pas de petites économies de temps, surtout si l'on n'a pas quelqu'un pour nous épauler.

PLAYLIST DE MÉNAGE

- « Give me Love », Cerrone.
- Nickodemus ft. Ismael Kouyaté – N'Dini (Tal M. Klein Remix).
- « Kiss », Prince.
- « Song 2 », Blur.
- « Louxor j'adore », Philippe Katerine.
- « Parribean Disco », Cotonete, Dimitri From Paris.

C'EST QUOI ÇA, LE TRAVAIL NON RÉMUNÉRÉ ?

Notion développée dans les années 1960 par l'économiste Gary Stanley Becker, elle désigne toutes les tâches qui sont effectuées gratuitement alors qu'elles peuvent constituer un emploi à part entière : le jardinage, le ménage, la garde des enfants ou la cuisine par exemple. Cette pratique augmente le revenu général de l'habitat puisqu'elle évite des dépenses, mais sa répartition est inégale : en 2011, les femmes consacrent en moyenne 2,5 heures de plus par jour que les hommes dans le travail non rémunéré[2]. Et, plus fou encore, si toutes les femmes du monde avaient été payées pour ce travail domestique, elles auraient gagné 10 900 milliards de dollars[3]. Rien que ça. Sans parler du fait que tout le temps consacré à l'entretien de la maison et à l'éducation des enfants est du temps en moins à se consacrer à son travail rémunéré et à ses activités personnelles. Alors on partage davantage les tâches, avant que les femmes ne se rebellent et ne demandent un virement chaque mois ! 😊

2. www.oecd.org/fr/els/soc/48448172.pdf
3. https://www.courrierinternational.com/article/le-chiffre-du-jour-inegalites-la-valeur-du-travail-non-remunere-des-femmes

Mes recettes de ménage

- **NETTOYANT MULTI-USAGES** : dans un vaporisateur, tu vas verser 1 cuillère à soupe bombée de bicarbonate de soude, 1 bonne cuillère à soupe dé vinaigre blanc et le reste d'eau chaude et... c'est tout. Si tu n'apprécies pas l'odeur du vinaigre blanc, tu peux conserver tes épluchures d'orange ou de citron et les mettre dans le vaporisateur, cela donnera une odeur d'agrumes naturelle ! Secoue bien avant chaque utilisation et tu peux en vaporiser sur toutes les surfaces de ta maison !

- **NETTOYER LES TOILETTES** : tu n'as qu'à saupoudrer de quelques cuillères d'acide citrique, en fonction de la saleté de ton trône, dans le fond de la cuvette, le plus de temps possible, et frotter avec le balai adéquat. Si cela ne suffit pas, tu peux rajouter un peu de vinaigre blanc tiède.

- **TABLETTES LAVE-VAISSELLE** : dans un saladier, tu vas mélanger 50 g de gros sel, 50 g de bicarbonate de soude, 50 g d'acide citrique et 50 g de cristaux de soude. Une fois que tu as bien remué, humidifie la préparation avec un vaporisateur d'eau pour que ça fasse une sorte de pâte (ça va mousser un peu, c'est normal). Ensuite, répartis le mélange dans un bac à glaçons vide et tasse bien chaque petit compartiment pour que la future tablette se tienne correctement. Laisse sécher à l'air libre pendant 24 h, démoule et tadam ! Tu as tes pastilles !

- **LIQUIDE VAISSELLE** : tu peux simplement utiliser un pain de savon de Marseille ou de savon d'Alep et y frotter ta brosse humide ou ton éponge (pour peu qu'elle soit un peu rigide), et voilà ! Si tu trouves que ça laisse des résidus (cela peut arriver), tu peux mélanger 1 litre d'eau bouillante avec 4 cuillères à soupe de savon noir liquide et 3 cuillères à soupe de cristaux de soude dans un récipient, que tu secoueras avant chaque tour de vaisselle.

- **POUR SAUVER DES CASSEROLES BRÛLÉES** : tu le sens que je suis une habituée de cette problématique, hein ? Le mélange qui me sauve à chaque fois : je tapisse le fond de ma casserole de percarbonate de soude, de 2 cuillères de vinaigre blanc et d'eau chaude (afin de recouvrir la totalité). Ça va mousser et décoller les particules de brûlé. Laisse reposer jusqu'à ce que l'eau soit quasi froide, et renouvelle l'opération si besoin.

- **DÉBOUCHER DES TRUCS** : si la classique ventouse ne suffit pas, mélange 100 g de bicarbonate, 100 g de gros sel, et 10 cl de vinaigre blanc, et verse ça directement dans ta canalisation. Laisse agir plusieurs heures, et avant de tester, fais couler 1 litre d'eau bouillante.

- **NETTOYANT FOUR** : le mieux est de préparer une sorte de pâte à récurer avec 6 cuillères à soupe de bicarbonate de soude et 4 cuillères à soupe de cristaux de soude dilués dans 50 ml d'eau à laisser poser plusieurs heures, une nuit si possible, sur les parois. Le lendemain, frotte ça et rince à l'eau tiède avec une pointe de vinaigre blanc. Ton four sera tellement propre que tu pourras dormir dedans (je déconseille cependant).

LE NUMÉRIQUE

Après avoir récuré en long, en large et en travers, tu auras sûrement envie de t'écrouler sur ton canapé, ton lit ou ton canapé-lit, et regarder des séries ou scroller sur ton téléphone. Et comment t'en vouloir, on est beaucoup à avoir ce réflexe. Tu sens le **MAIS** arriver ?

Le numérique est sûrement une des pollutions les plus méconnues du quotidien. Combien de fois j'ai entendu « ah, mais tu as imprimé ton travail au lieu de l'envoyer par mail, t'es pas du tout écolo en fait **IAN IAN IAN** » (dans ma tête, ils rigolent comme ça ces gens-là).

Il est venu le temps ~~des cathédrales~~ de la vérité : si Internet était un pays, il se positionnerait en 3e place du plus gros consommateur d'électricité dans le monde, derrière la Chine et les États-Unis[4]. Certes, la dématérialisation ne s'accumule pas physiquement dans nos poubelles, mais elle est bien plus lourde en carbone que nos papiers aisément recyclés. Alors, finie la guerre aux prospectus et aux lettres d'amour timbrées, place aux révélations et aux solutions pour surfer sur le net sans (trop) polluer (qui dit encore « surfer sur le net » ?).

Par exemple, nous sommes nombreux·ses à croire que notre mail fait un tout droit d'ordi à ordi, mais **QUE NENNI !** Il zigzague énormément, tel un petit serpentin.

4. www.rfi.fr/fr/science/20190813-pollution-numerique-internet-environnement-infographie

Quel est le trajet d'un mail ?

1. Tu envoies ton mail.

2. Il est réceptionné dans un data center (centre de données) où il va être traité, stocké, et transmis.

3. Il arrive dans un nouveau data center, celui qui est relié à ton·ta correspondant·e, qui va faire la même chose : le traiter, le stocker et le renvoyer.

4. Le mail arrive chez ton·ta correspondant·e

Dans ce trajet, les data centers sont les plus énergivores. Dans l'idée, si demain tu recevais leur facture d'électricité par erreur, tu ferais un sacré malaise quoi.

C'EST QUOI ÇA, UN DATA CENTER ?

Il s'agit d'un lieu qui regroupe des TONNES d'équipements informatiques nécessaires pour distribuer et stocker les données d'à peu près tout : les sites internet, les clouds, les logiciels, les recherches, les échanges… Ils fonctionnent 24 h/24, 7 j/7, et sont hyper sécurisés pour assurer le bon fonctionnement d'Internet et des données confidentielles. Tu t'en doutes, ces 4 800 data centers étendus dans le monde entier consomment plein d'énergie, chauffent énormément (ce pourquoi ils sont toujours accompagnés d'un système de climatisation et de refroidissement) et, de facto, polluent : un centre de données d'une taille moyenne consomme autant qu'une ville de 40 000 habitants[5]. Et au-delà de l'aspect environnemental, on peut questionner cet équilibre fragile : en mars 2021, un data center à Strasbourg a pris feu, empêchant l'accès pendant plusieurs heures à des milliers de sites internet qui y étaient rattachés. De quoi questionner la dématérialisation et l'invulnérabilité que l'on accorde très (trop) souvent au numérique…

5. https://leshorizons.net/datacenter/

On peut se poser des questions sur notre rapport au numérique : y passe-t-on trop de temps ? Pourrions-nous faire autrement ? Mais il est difficile (impossible ?) de nous en passer complètement. Aujourd'hui, de nombreux emplois, loisirs et gestes du quotidien en sont dépendants. C'est pourquoi il peut être judicieux de connaître, et d'appliquer, plusieurs automatismes qui viendront amoindrir cette pollution-là dans ta vie. Allez, débrouille-toi pour les trouver, salut !

Bon, non, ok, j'ai trop de peine, je vais te les donner.

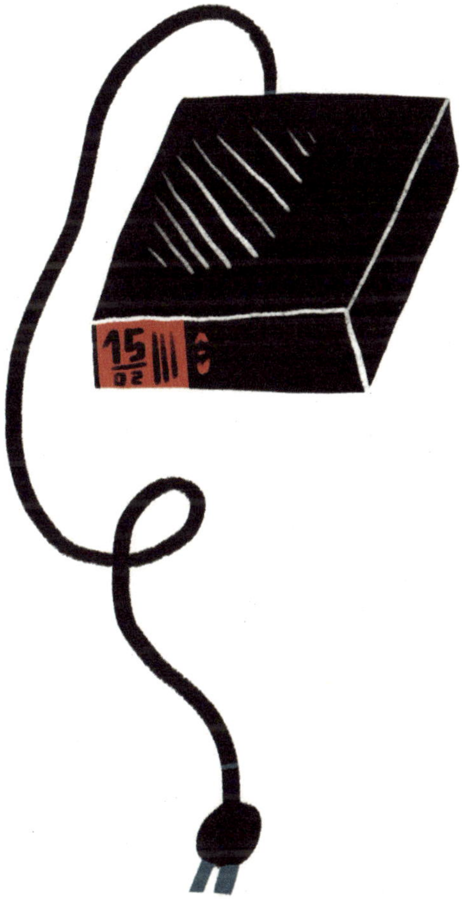

GUIDE DE LA NON-POLLUTION NUMÉRIQUE

- **RÉDUIRE SA CONSOMMATION DE BASE :** tu peux choisir un jour de la semaine où tu ne te serviras pas d'internet pour le loisir (j'ai personnellement choisi le lundi, sous le nom de #lundivraievie), désactiver les notifications des réseaux sociaux pour éviter la déconcentration et l'immédiateté, mettre des limites de temps sur tes écrans grâce à des applications.
- **REPENSER L'ACHAT NUMÉRIQUE :** en ne changeant d'appareil que si l'ancien ne fonctionne plus (et pas quand une nouvelle version sort), en essayant de réparer si possible techniquement et financièrement, en prenant grand soin de tes affaires pour éviter d'en changer trop souvent.
- **FAIRE UN MÉNAGE DE PRINTEMPS DANS SA BOÎTE MAIL :** chaque mail envoyé et conservé nécessite de l'énergie. Tu peux éviter d'en envoyer à tout va (un post-it dans un bureau sera bien moins polluant, et peut-être même plus chaleureux), éviter de multiplier les pièces jointes et les destinataires, te désabonner des newsletters que tu ne lis pas/plus et supprimer régulièrement tes mails. Si tu en as accumulé tellement que tu ne sais pas par où commencer, le site Cleanfox te permet d'accélérer ce processus en regroupant tous tes mails : en quelques minutes, tu vas retrouver le plaisir d'une boîte non saturée, et c'est assez sous-coté comme plaisir.
- **RAISONNER SON STREAMING :** en 2018, 60 % des flux de données numériques dans le monde provenaient du streaming (films, séries, vidéos, pornographie...)[6]. Il faut s'imaginer que lorsqu'on regarde une vidéo, elle consomme de la bande passante tout au long du visionnage. On préférera donc le DVD (un peu archaïque, mais plaisir régressif non négligeable), le téléchargement légal (pour visionner plusieurs fois un même contenu sans encombrer de nouveau les réseaux), des vidéos de qualité raisonnable (plus la résolution est haute, plus la pollution suit), la désactivation de la lecture automatique et le WIFI plutôt que la 4 (bientôt 5) G.
- **AVOIR DES RECHERCHES PLUS MINIMALISTES :** chaque demande sur un moteur de recherche nécessite l'utilisation des fameux data centers. Mets tes sites les plus fréquents en favoris pour éviter de faire plusieurs allers-retours tous les jours, et évite d'ouvrir de multiples onglets en même temps qui vont chacun nécessiter de l'énergie (alors qu'on ne peut techniquement pas tous les rentabiliser au même moment).
- **PRÉFÉRER LE DISQUE DUR EXTERNE AU CLOUD :** malgré son joli nom de nuage qui peut sembler léger et innocent, le cloud regroupe des milliers de serveurs connectés qui fonctionnent perpétuellement. Écologiquement, le disque dur externe est plus intéressant, puisqu'il ne viendra pas engloutir de l'électricité lorsqu'il n'est pas utilisé.
- **LIMITER LA COMMANDE EN LIGNE :** oui, c'est facile, rapide, attrayant, mais également cher en empreinte carbone et en électricité. Dans la mesure du possible, le mieux reste de se rendre en magasin pour raccourcir le chemin physique et numérique entre ton produit et toi !
- **INSTALLER L'EXTENSION DE NAVIGATEUR CARBONALYSER :** qui chiffre et démontre ton impact numérique au quotidien en fonction de tes habitudes. Attention, ça peut piquer, mais parfois se rendre compte de cette réalité, bien que douloureuse, est nécessaire.

6. https://theshiftproject.org/article/climat-insoutenable-usage-video/

L'AMEUBLEMENT

« Non mais Celia, c'est quoi la suite ?! Tu vas me dire que même ma pauvre table de nuit elle pollue en fait ?! » Eh bien... oui. Non, ne jette pas ce livre par la fenêtre s'il te plaît (ça pollue aussi !!), tu me connais, je ne vais pas te laisser complètement démuni·e.

Déjà, et tu t'y attends parce que tu es un·e bon·ne élève à présent, la fabrication : si ton meuble est en PVC par exemple (aka polychlorure de vinyle, si tu as envie de te la péter), il a dégagé du chlorure, classé comme cancérigène, lors de sa conception. Constat aussi gris côté matériau brut, comme le bois, qui peut provenir de déforestation sauvage, manquer de traçabilité ou provenir de très loin.

De fait, ta table de nuit est un assemblage de différentes matières et composants auxquels tu rajoutes colles, solvants, vernis et peintures, et HOP le compte (pour la planète) est bon. Et ce sont les émanations de ce cocktail explosif qui posent un problème : un rapport d'expertise de 2015 a identifié 41 substances volatiles préoccupantes dans l'ameublement, dont 31 prioritaires[7]. La plus tristement célèbre se nomme formaldéhyde (ou méthanal), très irritante pour les yeux, les voies respiratoires et la peau. C'est pourquoi il existe des labels qui certifient le caractère non nocif d'un meuble, pour éviter d'inhaler quotidiennement ce parfum peu ragoûtant.

Tu me diras :

AU SECOURS, qu'est-ce que je fais ?! (respire, déjà)

Si tu as déjà acheté ton meuble, et que tu n'es pas trop sûr·e de sa composition :

- aère ton meuble quelques jours si possible (balcon, jardin, garage) avant de l'assembler ou de l'installer chez toi.

Si tu n'as pas encore acheté ton meuble, tu peux :

- acheter un meuble neuf d'une marque éthique ;
- acheter de seconde main (brocantes, dépôts-ventes, fouiner dans ton entourage, encombrants, Emmaüs, Leboncoin, Facebook Market Place, ressourceries, recycleries...) ;
- le faire toi-même grâce à des tutos de personnes beaucoup plus talentueuses que moi (voir mes recommandations à la fin du chapitre, p. 79) ;
- restaurer d'anciens meubles pour qu'ils soient de nouveau utilisables ou jolis (ou le faire faire par un·e professionnel·le si tes compétences de customisation s'arrêtent à peindre les boutons d'une commode) ;
- détourner des objets pour en faire des meubles.

7. www.actu-environnement.com/ae/news/anses-substances-toxiques-polluantes-meubles-interieur-cov-25260.php4

Tu peux avoir quelques idées reçues sur la seconde main, notamment lorsque celle-ci vient d'une société coopérative comme Emmaüs : beaucoup pensent qu'aller s'y procurer de temps à autre des biens reviendrait à « voler aux plus démunis ». Pourtant, l'une des missions d'Emmaüs est de permettre à ces mêmes personnes d'être logées, nourries, vêtues, soignées, grâce à l'argent des client·e·s, mais aussi être réinsérées professionnellement. En plus clair, acquérir un bien chez eux est un acte solidaire qui réinvestit intelligemment ton achat !

MAGIQUE !

Liste non exhaustive

DES LABELS D'AMEUBLEMENT

ÉCOLABEL EUROPÉEN : limite le nombre de matériaux utilisés, interdit le PVC, limite l'utilisation de certaines substances chimiques et toxiques, bois durable ou recyclé, pièces de rechange à disposition pendant 5 ans.

FSC ET PEFC : traçabilité complète de la filière du bois, gestion des forêts de manière sociale et écologique (mais ne poursuit pas de vérification sur le devenir du bois lors de la fabricatio du meuble en question).

NF ENVIRONNEMENT : garantit la durabilité et la solidité du meuble, encadre la gestion du bois (mais n'interdit pas tous les composés chimiques).

CONSEIL de galère

Pour éviter de ramener chez toi, via des achats de seconde main, des punaises de lit (aka un parasite très embêtant), tu peux observer attentivement le meuble que tu t'apprêtes à acheter : les punaises de lit sont visibles à l'œil nu, de forme ovale, de couleur brun-rouge, se déplacent comme des fourmis et se cachent souvent dans les petits recoins (donc on fouille). Une fois ton meuble acheté, aspire-le bien, vide le sac de l'aspi et tu peux même compléter en nettoyant ton objet à la vapeur / en le désinfectant.

COMMENT DÉTOURNER CERTAINS ÉLÉMENTS

EN MEUBLES ET DÉCO ?

ESCABEAU en **IBLIOTHÈQUE.**

CAISSE DE VIN EN BOIS pour faire des **ÉTAGÈRES MURALES.**

VIEUX SKATE SANS ROUES pour mettre au mur **AVEC DÉCO DESSUS.**

DESSERTE en **JARDINIÈRE D'INTÉRIEUR.**

PARPAINGS TRANSFORMÉS EN MEUBLE INDUSTRIEL (avec des livres dedans).

PALETTES SUPERPOSÉES en **MEUBLE TÉLÉ.**

TASSES en **POTS DE PETITES FLEURS.**

BOÎTES DE CONSERVE PEINTES pour des **RANGEMENTS POUR ENFANTS AU MUR,** ou **DES POTS À CRAYONS.**

TABOURET en **TABLE DE NUIT.**

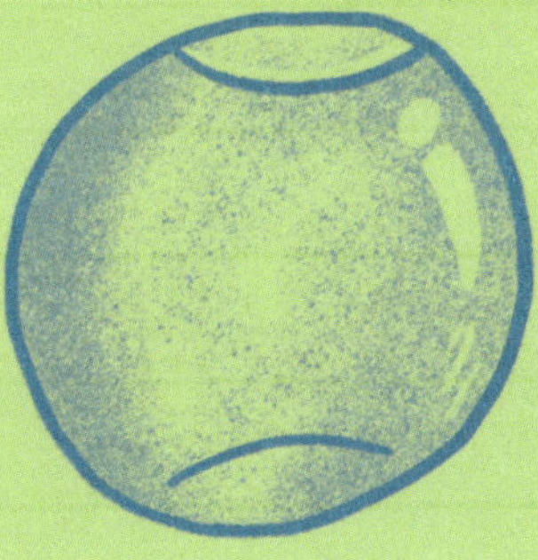

BOCAL À POISSONS en **LUMINAIRE.**

LE DE MAGAZINES pour orter **LA BOX INTERNET.**

PNEU ENTOURÉ DE CORDE pour faire **UN POUF.**

BOUTEILLES EN VERRE en **VASES.**

L'ÉLECTRICITÉ

« Mais dis donc Jamy, comment c'est fait l'électricité ?

– Eh bien, mon cher Fred, l'électricité provient de plusieurs matières premières non renouvelables comme le gaz, le charbon, le pétrole ou le nucléaire, qui produit des déchets légèrement inquiétants. C'est par la combustion desdites matières premières ou par la fission nucléaire que l'on convertit ce tsunami d'énergie en électricité. »

Oui, c'est très raccourci, mais au risque de te surprendre, je ne suis pas le vrai Jamy. Remballe tes tomates, je vais me rattraper. Ce qu'il faut comprendre, c'est que sa production et son utilisation dégagent des microparticules atmosphériques, mais également du gaz à effet de serre, notamment pour refroidir les centrales nucléaires.

On peut tout envoyer paître et s'éclairer à la bougie pour dater quelqu'un·e / se dater soi-même / faire une séance de spiritisme / tenter de l'éteindre en hurlant dessus (aussi hilarant que dérangeant pour les voisin·e·s), mais on risque de trouver le temps un peu long.

Plusieurs options renouvelables ont fait leur apparition ces dernières années : hydraulique, biomasse, photovoltaïque, éolienne. Comme une bonne nouvelle n'arrive jamais seule, elles ne sont pas exemplaires, notamment au niveau de leur production, de leur mise en place et de leur destruction.

On peut faire le choix de changer de fournisseur afin de se tourner vers une électricité dite « verte ». Cela ne signifie pas qu'elle est faite de fleurs des champs et de fumier, mais peut être une piste à creuser. Comme d'habitude, il faut rester vigilant·e en prêtant attention aux conditions générales de vente afin de s'assurer que l'électricité provient entièrement d'origine renouvelable, et qu'elle ne se mélange pas à d'autres sources dans le réseau global.

LISTE NON EXHAUSTIVE DE FOURNISSEURS D'ÉLECTRICITÉ VERTE

- PLÜM
- ENERCOOP
- PLANÈTE OUI
- URBAN SOLAR
- ILEK

Pour davantage d'informations, tu peux consulter le dossier de presse de l'électricité verte rédigé par Greenpeace[8] ou utiliser le comparateur d'offres d'électricité et de gaz naturel du médiateur national de l'énergie[9] dans lequel tu peux rentrer toutes tes informations de consommation pour connaître tes possibilités.

8. https://cdn.greenpeace.fr/site/uploads/2019/11/Dossier-Presse-Guide-Electricite-Verte-2019-2020.pdf?_ga=2.1396081.1100636064.1636454078-1073334955.1635889321
9. https://comparateur-offres.energie-info.fr/compte/profil?profil=particulier

En définitive, certaines sont certainement pires que d'autres, mais aucune n'est miraculeuse. Dans tous les cas, pour avoir un impact positif certain et mettre de l'argent de côté (on n'oublie pas notre autre objectif initial de faire la fête, hein), il est bon, comme toujours, de réduire sa consommation !

Réduire sa consommation d'électricité, c'est aussi questionner notre rapport vis-à-vis d'elle : à l'heure où l'on investit massivement dans des objets connectés, on va parallèlement être amené à connaître de plus en plus de pannes de courant, par la raréfaction des matières et le manque de maintenance des installations. Prêter attention à la place qu'elle occupe dans notre quotidien, imaginer comment se débrouiller sans elle est aussi une façon de réaliser notre utilisation quotidienne et de la considérer telle qu'elle est : une denrée rare. 🙃

Comment réduire sa consommation D'ÉLECTRICITÉ QUOTIDIENNE ?

- Utiliser des multiprises à interrupteur pour éteindre les appareils dont tu ne te serviras pas dans les prochaines heures/jours.
- Éviter de laisser des appareils en veille ; ils vont consommer inutilement (et ils vont souvent émettre une luminosité relou pour s'endormir).
- Débrancher ses chargeurs inutilisés.
- Éviter de charger ses appareils la nuit, puisque tes appareils électroniques vont souvent être à 100 % avant ton réveil, ce qui consomme sans raison et fragilise ta batterie.
- Utiliser des ampoules basse consommation (et au maximum la lumière naturelle).
- Dépoussiérer ses ampoules et ses abat-jour pour profiter pleinement de leur luminosité.
- Regarder la classe énergétique des appareils ménagers lors d'un achat pour, si possible, investir dans une catégorie A.
- Régler la température de son chauffe-eau, si possible, entre 55 et 60 °C.
- Dégivrer régulièrement son réfrigérateur et son congélateur pour éviter de le faire tourner trop fort, et donc consommer à balle.
- Éviter de placer son frigo près d'une source de chaleur, tel un four.
- Ne pas mettre de plats encore chauds dans le frigo, pour éviter qu'il ne surchauffe de trop pour refroidir (bel oxymore, hein ?).
- Conserver la chaleur lorsqu'on cuisine, en évitant d'ouvrir trop le four, en mettant des couvercles sur les poêles et les casseroles et en éteignant le feu avant la cuisson pour laisser cuire les 15 dernières minutes avant de refroidir naturellement.

LE CHAUFFAGE

L'hiver est là. (Si tu lis ça à cette période de l'année, YOUPI. Sinon, je compte sur ton imagination débordante pour planter le décor). Tu rentres après une dure journée de travail, peut-être même à vélo puisque tu t'es senti pousser des ailes de warrior écolo. Tu cours jusqu'à ta porte d'entrée et enfin ! Cette douce et réconfortante chaleur qui te fait instantanément soupirer.

Tu as très probablement la chance, comme moi, de bénéficier du chauffage chez toi, du petit radiateur électrique d'appoint de studio étudiant au chauffage au sol (mes ami·e·s qui en possèdent sont mes préféré·e·s de décembre à février).

Pour se chauffer, on brûle des combustibles. Jusqu'ici, rien d'étonnant. La plupart de ces derniers sont dits fossiles, comme le mazout ou le gaz. Cette inflammation dégage des polluants aux noms pas si inconnus : monoxyde de carbone, dioxyde de soufre, oxydes d'azote et composés organiques volatils (encore là eux ?!). Toutes ces émanations ne sont pas vraiment intéressantes à respirer (un euphémisme pour dire que c'est vraiment naze), et les limites de pollution de l'air sont régulièrement dépassées.

Alors, qu'attends-tu pour choper une hache, péter ton radiateur, puis te mettre en position fœtale sur le sol en espérant concentrer assez d'énergie pour survivre face à l'hypothermie ?! Pour celles et ceux que cette solution enchante peu, on va faire autrement...

- Si tu peux changer ton système de chauffage, tu peux opter pour l'une des options suivantes :
  - LA POMPE À CHALEUR (PAC) : elle utilise l'énergie extérieure (comme l'air, les sols, l'eau), augmente sa pression pour augmenter sa température. Il faut, comme pour tout système de chauffage d'ailleurs, veiller à avoir une bonne isolation pour que cela soit vraiment intéressant ;
  - LA CHAUDIÈRE À BOIS : les particules de CO_2 émises par le bois sont dites neutres, puisqu'elles sont captées de nouveau par les arbres pour favoriser leur croissance. Cependant, si ton appareil de chauffage est mal réglé, ou trop archaïque ou que ton bois est humide, il peut rejeter des particules fines polluantes dans l'atmosphère. Alors on vérifie son matos !
  - L'INSERT DE CHEMINÉE OU LE POÊLE À BOIS/GRANULÉS : tout comme la chaudière à bois, ces deux options peuvent faire baisser ta facture de chauffage et ton impact environnemental. Pour t'assurer que ton investissement ne soit pas du vent, tu peux choisir un appareil labellisé par Flamme verte, mis en place par l'ADEME (Agence de la transition écologique).

Cela t'offrira plus de sûreté sur l'aspect environnemental de ton système !

- **LES PANNEAUX SOLAIRES :** oui, on est TRÈS peu à avoir la place et le budget suffisant pour, mais vu l'énergie renouvelable et quasi inépuisable (coucou le soleil) qu'ils utilisent, je ne pouvais les ignorer. De plus, leur recyclage s'est fortement amélioré ces dernières années, avec 95 à 99 % d'entre eux qui peuvent l'être au terme de leur durée de vie optimale[10], donc à garder à l'œil (le jour où on aura l'argent).

SI TU NE PEUX PAS, ET MÊME SI TU PEUX D'AILLEURS :

- **demande à ton agence ou au particulier qui s'occupe de ton domicile d'entretenir régulièrement ton chauffage afin de le régler correctement ;**
- idem pour tes fenêtres : tu peux demander du double vitrage pour une meilleure isolation si possible. Dans le cas contraire, il existe du film isolant que tu peux poser toi-même !
- **mets en place un thermostat programmable afin de ne pas chauffer continuellement et éviter les grandes variations. Il permet également de choisir les bonnes températures en fonction des pièces et du moment de la journée (soit 19 °C dans les pièces à vivre et 16 °C dans les chambres) ;**
- mets des boudins en dessous de tes portes comme chez les grands-parents (enfin, en tout cas chez les miens). Ils empêcheront la perte de chaleur et le froid de rentrer ;
- **ferme les portes de chez toi, pour éviter de chauffer inutilement des pièces dans lesquelles tu vas peu ;**
- évite d'empêcher la diffusion de la chaleur depuis tes radiateurs en posant des affaires dessus par exemple, et n'hésite pas à les dépoussiérer au besoin ;
- **ferme tes volets et rideaux la nuit pour te créer un cocon tout chaud. Si comme moi tu as peur du noir, je t'autorise quelques centimètres de jour pour que toi et le monstre sous ton lit puissiez dormir tranquillement ;**
- la journée, ouvre tes rideaux et tes volets pour profiter des rayons du soleil, si tant est que tu sois bien exposé·e ;
- **aère en grand le matin 10 minutes en coupant ton radiateur, et pas en continu toute la journée en n'ouvrant que très légèrement. Il vaut mieux renouveler l'air une bonne fois pour toutes.**

On ne rappellera jamais assez que la meilleure façon d'être écoresponsable, ce n'est pas de remplacer, mais de déconsommer : qu'importe ton système de chauffage, l'idée est d'optimiser. Ce n'est pas parce que tu as des panneaux solaires sur le toit de ta grange qu'il faut faire de ton entrée un sauna !

10. https://www.greenpeace.fr/impact-environnemental-solaire/

COMMENT SE RÉCHAUFFER

Avoir des grosses
couettes moelleuses.

Superposer les couches
(team bonhomme
Michelin).

Avoir des tapis au so
(encore plus mieux s'
sont en moumoute)

Danser (si possible,
sur de la musique très
entraînante).

Faire des câlins
(à d'autres humains,
à des animaux, à soi-même).

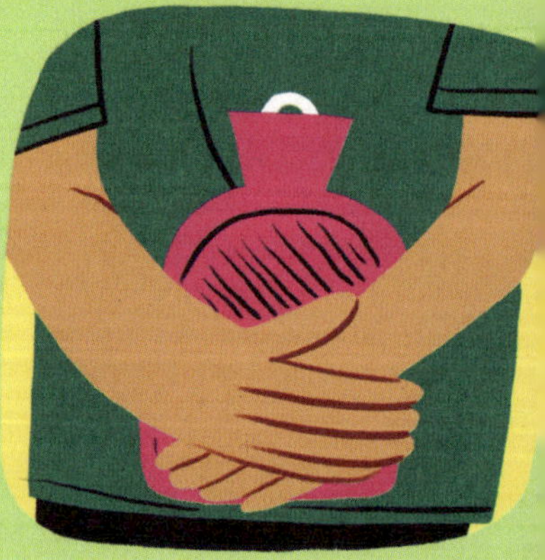

Utiliser une bouillotte
(voir page 25 pour
te la confectionner).

ANS CRAMER LA TERRE

Manger des plats chauds.

Boire des boissons chaudes.

Cuisiner (au four ou à la poêle j'entends, si tu fais une salade crue, ça ne va pas trop fonctionner).

Mettre des grosses chaussettes en pilou pilou.

Mettre des boudins aux portes s'il y a des courants d'air.

AS-TU D'AUTRES IDÉES ?

....

....

....

....

....

MES NOTES !

MES NOTES !

POUR ALLER PLUS LOIN :

LIVRES

- ***Low Tech. Repenser nos technologies pour un monde durable***, Clément Chabot, Pierre-Alain Levêque, Rustica, 2021.
- ***Réparer le futur, du numérique à l'écologie***, Inès Leonarduzzi, L'Observatoire, 2021.
- ***Mon ménage green***, Alessandra Moro Buronzo, Jouvence, 2021.
- ***Esprit récup', idées de déco insolites***, Olivier MacLennan, Joanna McLennan et Guillaume Bouvier, Jonglez, 2019.

DOCUMENTAIRES

- ***Électricité, le montant de la facture***, Arte, 2016.
- ***Derrière nos écrans de fumée***, Netflix, 2020.

ÉTUDES

- ***Habiter dans une société bas carbone***, Rémi Babut, The Shift Project, 2021.

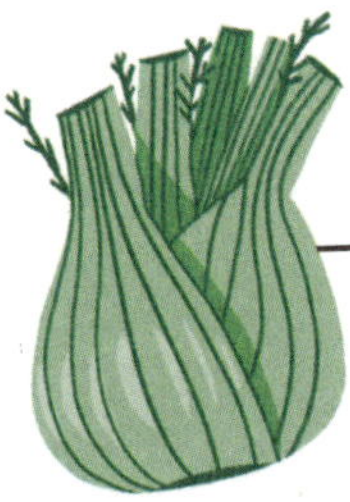

LA cUisIne

LA cUisIne

Tu l'attendais. On va ENFIN parler boustifaille, graille, bouffe – insérer d'autres synonymes – ce qui va être, sans mauvais jeu de mots, un sacré morceau. Pour cause : la cuisine est traditionnelle, culturelle, sociale et personnelle, ce qui rend sa remise en question délicate. Pourtant, elle est nécessaire : certains mets, ô combien délicieux, ne sont pas sans conséquences. Pour t'illustrer ce qu'un simple coup de fourchette peut engendrer, laisse-moi te donner quelques exemples :

- L'agriculture est le deuxième secteur qui émet le plus de gaz à effet de serre, derrière le transport[1] ;
- En plus du CO_2, elle est à l'origine de 68 % des émissions françaises de méthane, et 80 % des émissions de protoxyde d'azote, deux autres gaz à effet de serre[2] ;
- L'expansion agricole est responsable de 90 % de la déforestation dans le monde entier selon l'Organisation des Nations Unies pour l'alimentation et l'agriculture[3] ;
- 75 % des populations précarisées dépendent des ressources naturelles et de l'agriculture pour survivre[4] ;

1. 2. https://ree.developpement-durable.gouv.fr/themes/defis-environnementaux/changement-climatique/emissions-de-gaz-a-effet-de-serre/article/les-emissions-de-gaz-a-effet-de-serre-de-l-agriculture
3. https://www.fao.org/newsroom/detail/cop26-agricultural-expansion-drives-almost-90-percent-of-global-deforestation/fr
4. www.fao.org/news/story/fr/item/356926/icode/

- Selon la commission pour une alimentation saine et durable menée par 37 experts internationaux, pour nourrir 10 milliards de personnes d'ici 2050, il faudra réduire notre consommation de viande de moitié en moyenne (et pour les Américains, la diviser par 6,5)[5].

Si l'idée d'une grève de la faim par militantisme peut te titiller, cela reste une solution assez éphémère (pour risque de mort, essentiellement). On va plutôt tenter de remplir nos têtes de connaissances et nos assiettes de conscience pour nous restaurer sans tout déglinguer. Allez, on retrousse ses manches, on lave ses mains et on enfile son tablier, on va mettre la main à la pâte !

5. www.thelancet.com/journals/lancet/article/PIIS0140-6736(18)31788-4/fulltext?utm_campaign=tleat19&utm_source=hub_page

LES COURSES

Calvaire pour certain·e·s, paradis pour d'autres (où vous cachez-vous ?!), c'est là que tout commence : en fonction de l'enseigne que l'on choisit pour s'approvisionner, des marques que l'on décidera d'acheter, de la quantité d'emballages utilisés, de la provenance de la denrée, le ticket de caisse sera plus ou moins piquant.

Je t'arrête tout de suite, je ne te donnerai pas de solution toute faite, pour la simple et bonne raison qu'il n'en existe pas. Enfin, si, peut-être une : consommer uniquement des produits locaux, en vrac, bio, non transformés, provenant d'épiceries indépendantes ou de commerces de proximité. Difficile, voire impossible, de cocher toutes les cases à chaque passage en caisse, que ce soit pour des questions de budget, de temps libre, de praticité ou d'accessibilité à certaines enseignes. Plutôt que de se dire « tout ou rien », qui se transforme vite en juste « rien », on va faire au mieux, autant que l'on peut.

Il ne s'agit pas de faire un seul choix définitif. Il est difficile de concilier envies, besoins et contraintes dans une seule et unique enseigne. Tu peux très bien aller au marché le samedi, compléter avec le supermarché le mardi et chercher ton pain à la boulangerie le dimanche. À toi de composer ton circuit de courses (t'as saisi le jeu de mots ?). Tu passeras sûrement par une phase d'exploration où tu testeras plusieurs manières de faire, puis une stabilisation lorsque tu auras trouvé la meilleure option, et de temps à autre par des phases d'adaptation, notamment lors de changements de vie importants (grossesse, déménagement, période d'examens, problème de santé, nouveau job, ou encore pandémie mondiale 😊).

Qu'importe l'enseigne qui te siéra, il existe quelques astuces applicables partout pour améliorer un tant soit peu le bilan de tes emplettes alimentaires.

Où qu'on va faire ses courses d'abord ?

LE SUPERMARCHÉ

Les + : pratique puisque tout y est centralisé, large choix, prix abordables, grandes plages horaires.
Les - : beaucoup d'emballages, beaucoup d'intermédiaires (donc moins de rémunération pour les producteurs•rices et plus de marges), nombreux produits transformés, marques souvent peu éthiques et compositions généralement nazes.

LE MARCHÉ

Les + : produits frais, souvent de saison et locaux, non transformés, en circuit court, rémunération des producteurs•rices plus juste, participe à l'économie locale.
Les - : offre de produits réduite (difficile d'y trouver du PQ, par exemple), il faut pouvoir être disponible le jour où il a lieu, peut être loin du domicile.

LE MAGASIN BIO

Les + : large choix, présent dans la plupart des villes, compositions plus saines, marques généralement plus éthiques.
Les - : prix parfois peu abordables, présence possible de greenwashing (toujours dans nos pattes celui-là).

L'ÉPICERIE BIO OU VRAC INDÉPENDANTE

Les + : compositions plus saines, produits moins transformés et de qualité, traçabilité plus transparente, moins de déchets.
Les - : les prix peuvent y être élevés, il y en a peu en France (faire 100 km pour aller faire ses courses, on a connu plus écolo) et on n'y trouve pas forcément tout ce dont on a besoin.

L'AMAP

Les + : local et de saison, produits de qualité.
Les - : proposent majoritairement des fruits et légumes, donc ce sera toujours à compléter ailleurs (sauf si tu as le régime alimentaire d'un singe arboricole, ce que je ne juge pas plus que ça).

LES SERVICES DE LIVRAISON DE PRODUCTEURS·RICES À DOMICILE

Les + : gain de temps notable, pas besoin de se déplacer, produits souvent locaux et de saison, moins de déchets, traçabilité importante.
Les - : peuvent être onéreux puisqu'il faut rémunérer la plateforme de livraison en elle-même plus l'agriculteur•rice, les choix y sont parfois restreints, et ils ne livrent pas partout.

LES COMMERCES DE PROXIMITÉ

Les + : produits de grande qualité, enseignes spécialisées, conseils avisés.
Les - : demande pas mal de temps si l'on veut le faire quotidiennement (oui, j'ai déjà fait le marathon pain à la boulangerie, fromage à la fromagerie, chocolat chez le chocolatier, fruits et légumes chez le primeur, mes jambes s'en souviennent), et on n'y trouve pas tout ce dont on a besoin.

CHOOSE YOUR CHARACTER

La personne qui zappe toujours de prendre ses tote bags et qui porte tout à la main (et manque de tout faire tomber).

La personne suréquipée (qui a plein de sacs à vrac et de bocaux).

La personne qui écoute sa musique techno dan son casque avec son jea son gros sweat noir, sa banane et ses claquette chaussettes (c'est moi)

La personne hyper matinale qui arrive la première au marché.

La personne qui connaît tous les producteurs·rices et qui tape la discut'.

La personne qui a plein de monnaie et qui compte ses pièces rouges une par une.

La personne e retard qui récup que les fruits légumes pourr

Comment faire des courses plus écolo,

MÊME DANS UN SUPERMARCHÉ ?

Noter ses menus au préalable (ou au moins une vague idée de ce que l'on va manger dans les prochains jours) pour faire une liste en conséquence, éviter d'acheter tout et n'importe quoi et gâcher.

. Avoir des sacs en tissu pour ne pas utiliser des sacs en plastique ou en kraft à chaque fois.

. Si emballage il y a, préférer le carton ou le verre au plastique puisqu'ils se recyclent davantage.

. Préférer les produits bruts aux produits transformés, meilleurs pour la santé et moins emballés.

5. Acheter bio si possible, pour éviter l'utilisation et l'ingestion de pesticides.

6. Opter davantage pour des produits locaux et de saison plutôt que pour des avocats qui prennent plus l'avion que toi.

7. Lire les étiquettes pour vérifier que l'on comprend bien la liste des ingrédients (s'il y a plein de chiffres et de lettres mélangés tel un code secret, ce n'est pas bon signe).

8. Utiliser au besoin des applications de scan comme I-boycott qui te renseigneront sur la qualité nutritionnelle du produit et sur la marque elle-même, histoire de savoir à qui / à quoi l'on donne son argent.

LE STOCKAGE

Tu as maintenant tout ce qu'il te faut pour te sustenter, reste à savoir où et comment tout ranger. Pas de rapport avec l'écologie, tu dis ? Avec 10 millions de tonnes de nourriture jetée par an en France[6], je t'assure qu'il y a un lien. Au-delà du fait de priver énormément de personnes de pouvoir elles-mêmes se nourrir, c'est toute une production alimentaire polluante qui aura été effectuée… pour rien. Afin d'éviter cette cata, il te faudra apprendre à mieux conserver tes aliments pour éviter de mettre à la poubelle frénétiquement. Et crois-moi que sur ce point, il y a ÉNORMÉMENT d'idées reçues à dézinguer. Ça tombe bien, j'ai un peu de temps devant moi.

On va répondre à plusieurs questions : où est-ce que l'on range ses aliments, de quelle manière et pendant combien de temps. Et comme j'ai envie de rentabiliser ma maîtrise du logiciel très complexe qu'est Excel, je t'ai fait un tableau. Ne me remercie pas, c'est cadeau (remercie-moi, j'ai galéré).

6. https://www.eqosphere.com/blog/infographie-les-chiffres-du-gaspillage-alimentaire-en-france-2001

Attention, ne tente pas le diable, s'il y a une odeur ou un goût suspect, ne consomme pas la nourriture.

	OÙ ?	DANS QUOI ?	COMBIEN DE TEMPS ?
PAIN	Dans un endroit tempéré, à l'abri des courants d'air et de la lumière.	La boîte à pain hermétique est hyper efficace. Sinon l'emballer dans un torchon / dans un sac à pain fonctionne aussi.	Quelques jours.
PRODUITS SECS (farine, pâtes, riz, légumineuses, sucre, épices, oléagineux...)	À l'abri de la lumière.	Dans des bocaux en verre.	Hyper longtemps. Genre, plusieurs années. N'hésite pas à sentir, voir l'aspect pour être sûr•e que c'est ok, mais normalement tu as de la marge.
HERBES AROMATIQUES FRAÎCHES	À l'air libre (ou au congélateur si tu veux les conserver plus longtemps).	Les tiges dans un verre d'eau (et changer l'eau tous les 1 ou 2 jours).	Quelques jours.
LÉGUMES FEUILLES (salade, blette, céleri branche...)	Au réfrigérateur, lavés et essorés.	Dans un torchon, pour protéger du trop-plein d'humidité.	Jusqu'à ce que ce soit trop flétri, mais 2 semaines max environ.
LÉGUMES TIGES (poireau, artichaut, asperge, brocoli...)	Au réfrigérateur.	Ils peuvent être hors du bac à légumes, mais plutôt dans le bas du réfrigérateur.	Plusieurs jours.
LÉGUMES RACINES (carotte, radis, panais, navet...)	Au réfrigérateur, dans le bac à légumes.	Avec un torchon au fond du bac pour qu'il n'y ait pas trop d'humidité.	1 à 2 semaines.
LÉGUMES AMIDONNÉS (courge, pomme de terre, patate douce)	À l'abri de la lumière pour qu'ils ne germent pas, sans les laver.	Dans des sachets en tissu fin.	Jusqu'à 4 semaines.
LÉGUMES FRUITS (tomate, courgette, concombre, poivron, aubergine, haricot...)	À température ambiante.	Sur le plan de travail, dans des étals à légumes.	1 à 3 semaines en fonction du stade de maturité de base.

	OÙ ?	DANS QUOI ?	COMBIEN DE TEMPS ?
FRUITS À NOYAUX (abricot, pêche, prune, nectarine…)	À l'air libre. 	Dans un saladier.	1 à 2 semaines en fonction du stade de maturité de base.
FRUITS À PÉPINS (raisin, kiwi, grenade, pastèque, poire, pomme…)	Hors du réfrigérateur aussi, et à l'abri de la lumière (isoler si possible les pommes et les poires, qui produisent beaucoup d'éthylène et peuvent faire pourrir plus vite les autres fruits).	Dans des saladiers, des cagettes… 	1 à 3 semaines en fonction du stade de maturité de base.
FRUITS ROUGES	Au réfrigérateur.	Dans des boîtes en verre.	Quelques jours.
PRODUITS LAITIERS	Au réfrigérateur.	Dans leur emballage d'origine (sans le carton autour s'il y a), les fromtons dans une boîte hermétique.	Regarder la DLC, ou demander au fromager !
TOFU	Au réfrigérateur s'il est frais, dans un endroit sec et à l'abri de la lumière s'il est industriel.	S'il est acheté en vrac, dans un emballage hermétique rempli d'eau (et changer l'eau tous les 1 ou 2 jours). Sinon, le laisser dans son emballage d'origine.	Jusqu'à 1 semaine (si ça pue, ce n'est pas bon signe).
ŒUFS	À l'abri de la lumière et au frais, genre dans un placard (et PAS AU réfrigérateur, MINCE ALORS !).	Dans sa boîte d'origine (ou dans une boîte à œufs réutilisable).	Jusqu'à 28 jours suivant la DLC. 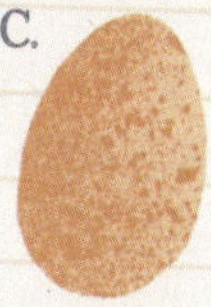
VIANDE	Au réfrigérateur, dans la partie la plus froide.	Dans l'emballage d'origine ou dans une boîte en verre.	Respecter (vraiment) la DLC sur l'emballage ou donnée par la boucherie. On ne rigole pas avec la viande.
POISSON	Au réfrigérateur.	Dans des boîtes hermétiques.	Généralement dans les 48 h après l'achat.

Maintenant, que je ne te reprenne plus à mettre tes tomates au frigo, **NON MAIS !** (ou à en acheter l'hiver 🙃). Au-delà de savoir où et comment ranger correctement ses denrées alimentaires, il y a quelques gestes qui favorisent la conservation, que voici :

- Sois vigilant·e quant à l'humidité dans ton réfrigérateur, qui accélère le processus de pourriture. Il faut vérifier qu'il est réglé entre 1 et 4 °C, le nettoyer régulièrement et le ranger stratégiquement :
  - Les produits qui périment dans peu de temps devant ;
  - Les préparations maison déjà cuites, les yaourts et fromages faits à cœur en haut ;
  - Les produits frais entamés, les crèmes, les viandes et poissons crus, les salades en bas ;
  - Les légumes dans le bac ;
  - Beurre, jus, condiments, lait dans la porte.

CONSEIL de galère

Pas besoin d'acheter de jolis pots en verre assortis pour ranger ton riz, tes pâtes ou tes lentilles (sauf si tu as le budget et des pulsions un peu maniaques). Récupères-en chez tes proches, réutilise des bocaux d'olives, de cornichons ou de moutarde, ou achètes-en chez Emmaüs, cela fera largement l'affaire.

- Installe un tableau dans ta cuisine ou sur ton réfrigérateur pour noter tous les aliments qui vont bientôt périmer/pourrir, pour prioriser tes prochains repas (et accessoirement y écrire des mots doux aux autres personnes qui vivent avec toi) (ou à toi-même hein, self love club forever).
- Isole un fruit ou un légume dès qu'il est pourri pour éviter qu'il ne fasse moisir les autres. Je sais, être mis au coin est cruel, mais dans ce cas nécessaire.
- N'hésite pas à utiliser tes rebords de fenêtres / ton balcon / ton jardin en automne et en hiver pour y stocker certains éléments qui ne craignent pas trop mais sont meilleurs frais, comme les jus ou la bière par exemple, pour un gain de place !
- Enfin, ne transige pas sur l'hermétisme de tes rangements, au risque de voir apparaître une ennemie pas commode dans tes placards (habile, n'est-ce pas ?) : **LA MITE**. Elle adore squatter les paquets de farine et autres produits secs pour y pondre sa marmaille et tout manger. Pour l'éviter, tu peux utiliser des odeurs qu'elle n'apprécie guère, comme de l'huile essentielle d'ail, de lavande, de thym à déposer sur une pierre poreuse proche de tes bocaux. Si elle est déjà là, bah, dommage, salut ! Bon, sinon, tu peux nettoyer tes placards au vinaigre blanc, jeter les bocaux contaminés (le contenu hein, pas le contenant) et les désinfecter. Si tu achètes en vrac et que tu es suspicieux·se (et motivé·e), tu peux congeler tes bocaux pendant 48 h juste après tes courses, ça tuera les mites s'il y en a !

CUISINER

Il est temps de te faire un aveu. Lorsque j'ai pris mon indépendance, je ne me suis nourrie que de quatre choses : crêpes surgelées jambon/fromage, tartines de roquefort, soupes déshydratées et pizzas à emporter les jours de fête (soit les jours de bourse universitaire). Pas étonnant : je n'avais jamais appris à cuisiner plus jeune, mes études me prenaient énormément de temps et je ne roulais (vraiment) pas sur l'or. Il fallait aller à l'essentiel : manger un minimum pour tenir la route, sans se rendre zinzin.

Et puis, en 2015, je suis devenue végétarienne. De fait, j'ai éliminé les trois quarts de mon alimentation (le roquefort, les crêpes et les pizzas). Il me fallait un nouveau plan. Et devine quoi ? Du jour au lendemain, je suis devenue une cheffe extraordinairement douée et les gens se sont bousculés devant ma porte pour grappiller ne serait-ce qu'une miette de mes délices !

Bon, j'ai peut-être sauté deux ou trois étapes (et carrément abusé aussi) : réussir à cuisiner écoresponsable a été, et est toujours un long chemin. J'ai commencé par des repas ultrabasiques et les moyens du bord. J'ai beaucoup raté et beaucoup recommencé.

Il paraît que c'est comme cela que l'on apprend : en tentant de faire mieux qu'avant.

Tout d'abord, pour cuisiner, il faut être équipé·e. Tu n'as pas besoin d'investir dans des robots ménagers si évolués qu'ils peuvent faire en même temps une tarte tatin, un ménage de printemps et un massage des pieds. Laisse-moi plutôt te léguer une petite liste d'essentiels, en espérant qu'elle te donnera des pistes d'éléments à acquérir pour cuisiner sans trop polluer 😉

MES ESSENTIELS DE CUISINE zéro déchet et plus écolo

- **DES USTENSILES DE CUISINE DANS DES MATÉRIAUX DURABLES ET/OU RECYCLABLES** (genre le bois ou l'inox) pour les rentabiliser un maximum d'années.
- **UNE BOUILLOIRE**: pour éviter de faire chauffer l'eau trop longtemps sur tes plaques et pour toutes tes boissons chaudes.
- **UN FILTRE À CAFÉ RÉUTILISABLE** si tu as une machine à filtre / **DES CAPSULES DE CAFÉ RÉUTILISABLES** si tu as une machine à capsules, et rien si tu as une cafetière à piston parce qu'il faut juste de l'eau et du café dans ce cas-là (pratique).
- **DES BOÎTES HERMÉTIQUES**: pour mettre tes restes ou emporter ta gamelle à l'extérieur.
- **DES PAILLES RÉUTILISABLES SI ET SEULEMENT SI** tu en as vraiment l'utilité de base (genre si t'es fana de jus et cocktails et que tu n'arrives pas à boire sans 😜).
- **UNE BROSSE EN BOIS À TÊTE INTERCHANGEABLE**: pour remplacer l'éponge à vaisselle.
- **DES TORCHONS EN MICROFIBRES**: pour remplacer l'essuie-tout.
- **UN TAPIS EN SILICONE**: pour remplacer les feuilles de cuisson.
- **UNE BOULE À THÉ**: pour remplacer les sachets individuels.
- **DES CHARLOTTES EN TISSU**: pour remplacer le papier aluminium.
- **UNE JARRE EN VERRE AVEC DES BÂTONS DE CHARBON OU DES PERLES DE CÉRAMIQUE**: pour remplacer les bouteilles d'eau en plastique.

À toi d'adapter / de compléter cette liste selon tes envies et besoins, et n'hésite pas à braquer les placards de tes proches, à écumer les brocantes et les Emmaüs ou à te renseigner auprès de ta ville ou de ton établissement scolaire pour voir si des ventes solidaires sont organisées !

Bon, on a le matos, reste l'essentiel : cuisiner avec. Alors, tu me diras : « bon Celia, y a pas à tortiller hein, suffit d'acheter des trucs, de les transformer et de les manger, basta ». Sauf que pour certain·e·s (pour tout le monde ?), deux loubards s'interposent très (trop) souvent dans la balade des gens heureux : le manque de temps et le manque de compétences.

Pour le premier, il existe un concept **FOR-MI-DABLE** qui nous vient de nos ami·e·s anglophones : le *batch cooking*. Le principe est de profiter d'un moment libre, généralement le dimanche, pour s'adonner à la préparation en amont de nos repas de la semaine. L'objectif : pouvoir manger rapidement et fait maison même lorsque l'on rentre tard du travail ou de l'école. Il s'agira par exemple de couper des légumes, de cuire des pâtes, de préparer une quiche, de faire des cookies pour le matin et ainsi s'épargner un grand temps de préparation au jour le jour. Un gain de temps et d'énergie considérable au quotidien, tu en conviendras (je ne te laisse pas le choix d'en convenir).

En ce qui concerne les compétences, il n'y a pas de secret : cela vient avec le temps et de l'aide. Ce sont les livres de cuisine qui m'ont tout appris. En plus d'être des sources d'inspiration notables, surtout lorsqu'on change de régime alimentaire ou qu'on tourne en rond, ils nous empêchent de trop nous égarer. À force de faire et refaire, tu vas acquérir des réflexes et les livres ne te seront plus aussi utiles qu'avant (et c'est une fille qui se nourrissait de crêpes surgelées qui te dit ça, **everything is possible**).

PLAYLIST POUR « BATCH-COOKER »

- « Stargazer », Robby & Stupid Flash
- « The Break », Kurtis Blow
- « Fortunate Son », Creedence Clearwater Revival
- « Dumebi », Rema
- « I'm Still Standing », Elton John
- « I wish », Stevie Wonder
- « It's Like That, Mariah Carey », Jermaine Dupri, Fatman Scoop
- « Acceptable in the 80's », Calvin Harris

Mes livres de cuisine préférés

- *Cantine vagabonde*, Lila Djeddi, Tana Éditions, 2019, 22 €.
- *Saisons, la cuisine responsable et gourmande*, Guilhem Malissen, First, 2018, 14,95 €.
- *Ma petite boucherie vegan*, Sébastien Kardinal et Laura Veganpower, La Plage Éditeur, 2016, 9,95 €.
- *30 jours pour devenir vegan*, Marion Lagardette, Solar, 2021, 14,95 €.
- *Simple*, Yotam Ottolenghi, Hachette Pratique, 2018, 35 €.
- *Manger & cuisiner éco-responsable*, François Pasteau, Hachette Pratique, 2017, 19,95 €.
- Et tous les livres de la collection Marabout cuisine.

EXEMPLE DE BATCH COOKING

Ici, on part sur une semaine de repas végétariens et environ 3 h de préparation. Évidemment, ce qui va suivre n'est qu'une illustration, pour t'aider à te représenter en quoi consiste cette pratique, approprie-toi le concept avec ton régime alimentaire et les plats que tu aimes !

Lundi

Midi : Bowl composé
Soir : Quiche et salade verte

Mardi

Midi : Dhal de lentilles
Soir : Soupe et tartines de légumes

Mercredi

Midi : Chili sin carne
Soir : Quiche et salade

Jeudi

Midi : Pâtes aux légumes et au pesto
Soir : Soupe et poêlée de légumes

Vendredi

Midi : Quiche et salade verte
Soir : Salade composée

Samedi

Midi : Salade de pâtes
Soir : Tian de légumes et salade verte

POUR CE FAIRE, ON VA :

- Cuire une grosse casserole de riz basmati pour le bowl composé + le dhal + le chili sin carne (environ 8 min selon ton riz).
- Couper des crudités comme des tomates, des concombres, du radis… pour la salade composée + le bowl (5 min).
- Préparer une quiche de ton choix (15 min de préparation et environ 30 min de cuisson pendant lesquelles tu peux continuer à cuisiner).
- Laver et essorer une salade verte (10 min).
- Faire cuire des lentilles corail dans du lait de coco avec les épices de ton choix pour le dhal (30 min environ).
- Faire cuire les légumes qui traînent dans ton frigo pour la soupe et mixer (environ 30 min).
- Faire revenir des haricots rouges avec de la sauce tomate, du maïs, du poivron vert et un peu de piment pour le chili.
- Faire cuire une casserole de pâtes (7 min environ).
- Faire une poêlée de légumes qui servira pour le bowl composé + les pâtes aux légumes + le tian de légumes.

LE RÉGIME ALIMENTAIRE

Les courses sont faites et rangées, le tablier est enfilé, la spatule est brandie : ok, mais on mange quoi ?

Depuis plusieurs années, on voit fleurir pléthore de façons de s'alimenter : le sans gluten, le crudivorisme, le pesco-végétarisme, ou encore le locavorisme. Pourquoi se pose-t-on tant de questions sur l'impact de notre alimentation quotidienne, notamment vis-à-vis de l'agriculture animale ?

Pour que cela soit digeste pour tout le monde, j'ai le plaisir d'être accompagnée par deux grandes personnalités, Jason Steaktham et Céréales Gomez, venus tout droit des States pour tout expliquer. Allez, on s'installe dans son fauteuil, on coupe son téléphone, et c'est parti !

- Plus de 75 %[7] des terres agricoles dans le monde servent à élever le bétail (c'est-à-dire à cultiver des céréales pour nourrir les bêtes, afin que l'on puisse à notre tour manger lesdites bêtes).
Et comme nous sommes de plus en plus nombreux·ses sur Terre, et a fortiori de plus en plus à manger de la viande, il faut toujours plus de place : l'élevage est la première cause de déforestation en Amazonie[8].

- Pour 1 kg de céréales, on aura besoin de 1 300 litres d'eau, tandis que pour 1 kg de bœuf, cela nécessitera 15 500 litres d'eau[9] (puisqu'il faut arroser les céréales, mais aussi donner à boire à la vache quoi).

7. https://www.greenpeace.fr/elevage/
8. https://mapbiomas.org/en
9. https://waterfootprint.org/en/

● Céréales comme viande, le défrichage, la production d'engrais, le fonctionnement des bâtiments, des machines, les chaînes d'approvisionnement, etc., produisent du gaz à effet de serre. Mais côté élevage s'ajoutent le méthane et le protoxyde d'azote, respectivement émis à 37 % et à 65 % par la viande[10].

Figure-toi que Jason Steaktham et Céréales Gomez, malgré leurs différences, ~~tous ces défauts qui sont autant de chances,~~ ne sont pas nécessairement ennemis : le souci, c'est que l'un a pris énormément de place sur l'autre (je te laisse deviner lequel).

Arrêter ou réduire, à toi de voir ce qui te semble imaginable avec tes habitudes, tes contraintes de vie et ton espace mental. Si certain·e·s deviennent végétarien·ne·s du jour au lendemain, la plupart optent pour une démarche progressive qui conduira, ou pas, à un arrêt. Cela peut se traduire par ne manger de la viande que les week-ends, les jours de fête, ou encore au restaurant, pour que cela (re) devienne un mets moins quotidien.

Pour une personne qui consomme 2 000 calories par jour, l'émission de CO_2 annuelle sera d'environ :

- **2 625 kg pour un régime riche en produits animaliers (+ de 100 g par jour) ;**
- **2 624 kg pour entre 50 g et 100 g de produits animaliers par jour ;**
- **1 705 kg pour une consommation occasionnelle, moins de 50 g par jour**
- **1 427 kg pour les végétarien·ne·s ;**
- **1 055 kg pour les végétalien·ne·s[11].**

10. https://www.notre-planete.info/actualites/2202-consommation-viande-sante-environnement

11. https://www.futura-sciences.com/planete/questions-reponses/eco-consommation-vegan-vegetarien-omnivore-meilleur-regime-planete-9733/

Tu n'es pas obligé·e de te mettre une pression folle pour atteindre la catégorie des « végétalien·ne·s » : les étiquettes, c'est sympa, mais parfois, ça gratte. Le plus efficace, c'est de concilier conscience et frustration, et y trouver un juste milieu qui pourra être modelé au fil du temps. Dis-toi qu'un midi sans poulet, c'est un repas de gagné, donc bye bye les nuggets et vive les tartines veggie d'avocat trop mimi et jolies !!! Quoi, j'ai dit une connerie ?

Si consommer des produits importés a tout de même moins d'impact en carbone qu'une viande française[12], manger local, c'est tant des avantages personnels qu'une lutte collective : meilleure qualité nutritive, meilleur goût, juste rémunération des producteurs·rices, respect du droit du travail et **LARGEMENT** moins de kilomètres parcourus entre ton produit et ta bouche. Cependant, la provenance « France » n'est pas toujours un gage de qualité : si tu vois des tomates ou des fraises dites locales en hiver, c'est qu'elles ont poussé dans des serres à lampes UV puis ont été stockées grâce à la réfrigération artificielle. On a connu plus écolo comme procédé, non ? Donc manger local, oui, de saison encore mieux. C'est aussi une excellente manière de se reconnecter aux terres qui nous entourent, aux légumes et fruits que l'on a tendance à oublier et à ne jamais cuisiner. Et comme je ne suis pas du style à te laisser dans la galère, voici un petit calendrier rien que pour toi (enfin, tu as le droit de le partager, hein).

« Mais Celia, quid de la banane ? Elle qui est souvent estampillée française, pourquoi est-elle absente de ton calendrier, enfin ?! » (merci pour la liberté que tu m'offres à t'interpréter).

C'EST QUOI ÇA, LE CHLORDÉCONE ?

Il s'agit d'un insecticide toxique et persistant très utilisé contre le charançon du bananier, notamment dans les Antilles françaises jusqu'en 1993, grâce à des dérogations successives, et ce malgré les études démontrant sa dangerosité. Depuis, la quasi-totalité des Martiniquais·e·s et des Guadeloupéen·ne·s sont contaminé·e·s, provoquant notamment des cancers, des naissances prématurées et des effets sur le développement cognitif et moteur des enfants.[13]

13. https://www.chlordecone-infos.fr/content/quest-ce-que-le-chlord%C3%A9cone

Tu l'auras saisi : produits végétaux + bruts + locaux + de saison **= UN MAX DE KIFF POUR TOI ET LA PLANÈTE**. Ta (notre) mission, c'est de tendre à ça. Ça ne veut pas dire boycotter CHAQUE jour, TOUTE ta vie, TOUT aliment qui ne répond pas à TOUS ces critères, mais de voir les choses dans la globalité et sur le long terme.

12. www.thegoodgoods.fr/societe/viande-locale-ou-legumes-importes-qui-pollue-le-plus/

PRINTEMPS

Artichaut
Asperge
Aubergine
Carotte
Céleri
Chou-fleur
Concombre
Courgette
Épinard
Navet
Poireau
Poivron
Radis
Laitue
Tomate
Abricot
Cassis
Cerise
Fraise
Framboise
Melon
Mûre
Pomme
Prune
Rhubarbe

ÉTÉ

Artichaut
Aubergine
Betterave
Blette
Brocoli
Carotte
Chou-fleur
Chou rouge
Concombre
Courge
Courgette
Cresson
Épinard
Fenouil
Haricot vert
Laitue
Navet
Poireau
Radis
Salade
Tomate
Abricot
Brugnon
Cassis
Cerise
Figue
Fraise
Framboise
Groseille
Melon
Mirabelle
Mûre
Myrtille
Nectarine
Pastèque
Pêche
Poire
Pomme
Prune
Quetsche
Raisin

AUTOMNE

Betterave
Blette
Brocoli
Carotte
Céleri
Chou chinois
Chou-fleur
Courge
Cresson
Endive
Épinard
Fenouil
Laitue
Mâche
Navet
Panais
Poireau
Potiron
Radis
Salade
Topinambour
Châtaigne
Clémentine
Coing
Figue
Kiwi
Mandarine
Myrtille
Orange
Pêche de vigne
Poire
Pomme
Prune
Quetsche
Raisin

HIVER

Betterave
Brocoli
Carotte
Céleri
Chou-fleur
Courge
Cresson
Endive
Épinard
Mâche
Navet
Oseille
Panais
Pissenlit
Poireau
Potiron
Radis
Salsifi
Topinambour
Citron
Clémentine
Kiwi
Mandarine
Pamplemousse
Poire
Pomelo
Pomme
Orange

LES RESTES

Il existe une technique infaillible pour cibler où sont nos sources de déchets et de gâchis dans la cuisine : faire une autopsie de sa poubelle. Je sais, les mots autopsie et poubelle dans une même phrase, ça ne donne pas du tout envie d'en faire son samedi soir. Pourtant, c'est éclairant.

J'avais moi-même opté pour cette douce activité il y a quelques années, grâce à laquelle j'avais pu identifier deux indices sur la scène du crime : ma poubelle était pleine de parties de légumes non consommées (fanes, épluchures) et de produits périmés.

Il me fallait agir. Alors, j'ai contemplé ces pauvres bouts verts de poireaux ou ces pieds de brocolis, et je me suis demandé : mais est-ce qu'on ne peut pas tout simplement les manger ? J'avais toujours vu mon entourage jeter mécaniquement tout ce qui pouvait être plus dur, plus filandreux, plus terreux. Est-ce qu'ils avaient au moins essayé d'en faire quelque chose ?

À ce moment-là de ma vie, je me suis sentie investie d'une mission : tenter de manger en quasi-totalité les légumes que j'achetais. Et, *spoiler alert* : je me suis plutôt bien démerdée. Comment ça, tu ne me crois pas ? Je ne te pensais pas si insolent·e, mais tu as besoin de preuves, c'est normal. Alors voici cinq recettes antigaspi qui te couperont la chique (en toute bienveillance, évidemment).

PESTO DE FANES DE CAROTTES

Lave les fanes et coupe-les en retirant au max les tiges puis mixe-les. Rajoute 1 à 2 gousse(s) d'ail écrasée(s), selon tes préférences, 50 g d'amandes (ou 25 g d'amandes et 25 g de noisettes pour varier), 60 g de parmesan, du poivre, un peu de citron (idem, comme tu préfères niveau goût) et 25 g d'huile d'olive. Mixe le tout pour obtenir une sorte de purée et ajoute progressivement 75 g d'huile d'olive encore pour avoir une bonne consistance. TADAM !

GRANOLA AUX GRAINES DE COURGES

Récupère les graines de ta courge et nettoie-les bien (elles sont souvent pleines de filaments et de chair). Essuie-les fort et laisse-les sécher à plat sur un plateau pendant toute une nuit. Le lendemain, dispose-les sur une plaque de four et ajoutes-y, selon tes goûts : avoine, noisettes (ou amandes, noix de cajou, noix, pistaches concassées), miel, blanc d'œuf (histoire de faire des morceaux plus crunchy), raisins secs, cranberries, sirop d'érable, huile neutre, pépites de chocolat… BREF, à toi de faire ton mélange en fonction de tes goûts, et enfourne 20 min à 170 °C. Après, tu ranges tout ça dans un bocal hermétique et tu me donneras des nouvelles de tes petits déjs et goûters après ça.

BOUILLON DE LÉGUMES MAISON

Prends environ 400 g d'épluchures de légumes (oignons, échalotes, ail, carottes, courgettes, champignons, fanes… bref, n'importe lesquelles sauf les épluchures de pomme de terre) et fais-les revenir 3 min dans de l'huile d'olive. Ensuite, ajoute 2 litres d'eau, les herbes aromatiques et les épices de ton choix, 1 cuillère à café de gros sel et de poivre puis laisse mijoter environ 1 h. Une fois bien réduit, tu peux filtrer ton bouillon et le disposer dans des bacs à glaçons vides pour en faire des petits cubes à utiliser super facilement, ou dans un gros bocal hermétique pour quelques jours au frigo !

AUBERGINES GRATINÉES À LA CHAPELURE DE PAIN

Récupère la chair de 2 grosses aubergines et fais-la revenir dans de l'huile d'olive avec un oignon émincé. Dans le même temps, enfourne les aubergines vidées avec de l'huile, piquante si possible, à 190 °C jusqu'à ce qu'elles soient quasi cuites. Ajoute les légumes coupés en dés de ton choix dans la poêle (poivrons, courgettes, carottes, etc.), du sel, du poivre et les épices que tu aimes. Une fois que la poêlée est presque cuite, coupe le feu. Prends un quart d'un pain rassis et mixe-le pour faire une chapelure. Remplis tes aubergines de la poêlée, ajoute par-dessus la chapelure de pain, un peu de levure maltée et, optionnel, du râpé végétal ou non. Quelques minutes de plus dans le four, le temps de faire gratiner le tout, et bam.

VELOUTÉ DES EXCLUS

La meilleure manière de manger les parties dites moins nobles des légumes, c'est d'en faire des veloutés, tout simplement : je récupère les pieds de brocolis, les bouts de poireaux, les troncs de chou-fleur et la base du céleri, je fais tout revenir dans de l'huile d'olive. J'ajoute de l'eau pour que ça recouvre le mélange et je laisse mijoter jusqu'à ce que tout soit tendre. Pendant que ça cuit, je balance une pincée de sel, du poivre, des épices (particulièrement fan du ras el-hanout en ce qui me concerne), puis je mixe le tout pour avoir une texture bien crémeuse. Je peux même y rajouter, lors de mes jours de folie, de la crème fraîche ou de la crème de soja pour la version végétalienne. Je sers ça avec des petits croûtons de pain frottés à l'ail, et c'est un bonheur.

Malgré ces astuces, utiliser à chaque fois 100 % de ses végétaux semble compliqué, il va bien falloir se résigner à jeter le reste à la poubelle… Eh non ! C'était un *prank*, voyons ! Les déchets verts sont une mine d'or, il serait bien dommage de ne pas les utiliser. Plutôt que de remplir nos déchetteries avec, une solution se présente : 🤩 le compost 🤩

Processus biologique de décomposition de matières organiques, s'il est correctement effectué, il donnera un terreau on ne peut plus riche en minéraux et nutriments. Une superbe manière de revaloriser ses pertes pour en faire un cercle vertueux. Je te vois lever la main au fond pour une question : « ok Celia, mais comment qu'on fait ? »

En fonction de ta situation, plusieurs possibilités peuvent être envisagées :

1. LE COMPOST COLLECTIF[13] : disposé dans certains quartiers, collectivités, copropriétés, entreprises et résidences universitaires, il est souvent géré par des bénévoles qui proposeront des heures de permanence. Tu n'as qu'à collecter tes épluchures, coquilles d'œufs et autres joyeusetés, et aller vider ton seau le jour J ;
2. LE COMPOSTEUR INDIVIDUEL : si tu possèdes un extérieur, il suffit d'acheter ou de fabriquer un contenant stable et bien ventilé qui pourra réceptionner tes déchets. Il faudra venir le brasser régulièrement et le ventiler pour que le processus soit efficace. Certains composteurs sont même financés par les collectivités, renseigne-toi auprès de ta mairie pour connaître les offres de ce côté-ci ;

3. LE COMPOSTAGE PAR TAS : toujours si tu as un jardin (parce que clairement, ça fait une très mauvaise décoration d'intérieur), il a l'avantage de ne pas nécessiter de contenant et de fonctionner tout pareil que le composteur individuel. La décomposition est cependant plus lente et n'est pas à l'abri des conditions météo et des potentiels animaux !
4. LE LOMBRICOMPOSTEUR : il peut se trouver en extérieur comme en intérieur et fonctionne grâce à des vers de terre qui se nourriront des déchets et rejetteront du terreau inodore. Tu peux en trouver en jardineries et boutiques spécialisées, où tu pourras aussi avoir des conseils avisés ;
5. LE SQUAT DE COMPOST : si tu sais qu'un·e proche ou voisin·e possède un compost, tu peux toujours proposer d'y rajouter tes épluchures comme contribution !

Qu'importe ce que tu choisiras, il y a des aliments admis et des aliments refoulés à l'entrée de la boîte de compost. Ces règles peuvent tout de même varier, notamment en ce qui concerne les lombricomposteurs qui ne tolèrent que les déchets de cuisine la plupart du temps.

13. www.jecomposteenville.fr/trouver-ou-composter

DO

- Le marc de café.
- Les épluchures de légumes, de fruits, et les fanes.
- Les fleurs fanées.
- Le papier journal et le carton (en petits morceaux).
- Les coquilles d'œufs (en miettes).
- Les brindilles, feuilles mortes, l'herbe tondue.
- La sciure de bois non traité.
- Les mouchoirs en papier (s'ils ne sont pas parfumés, évidemment)

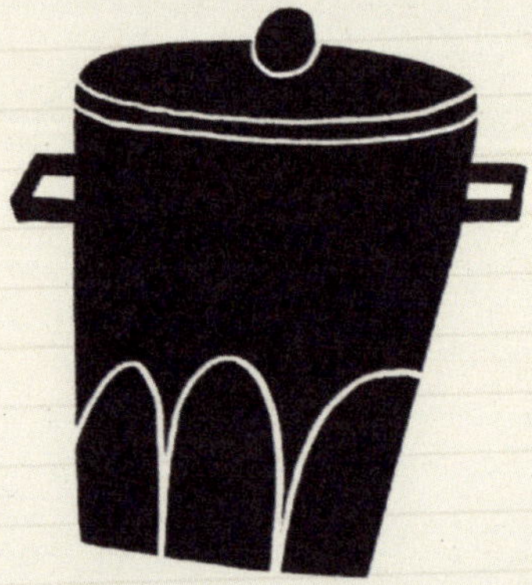

DON'T

- Les écorces d'agrumes.
- Les restes de plats cuits.
- La viande et le poisson.
- Les épluchures de poires.
- La cendre.
- Les plantes malades.
- La litière des animaux.
- Les os et les arêtes.
- Le charbon.
- La poussière.

Au niveau des quantités, il est conseillé de respecter un tiers de déchets carbonés (soit tout ce qui est sec, marron, dur comme le bois, les feuilles mortes, le carton...) et deux tiers de déchets azotés (soit tout ce qui est plutôt frais et vert comme les légumes, les fruits, l'herbe...).

Tu l'auras compris, tout produit n'a pas sa place dans ce club select. Et au premier rang des refoulés se trouvent les produits transformés. Mais que faire de ce yaourt au fond du réfrigérateur dont on se rend compte avec horreur et stupéfaction qu'il est périmé ?! Avant de le foutre par la fenêtre (ce qui très dangereux pour les passant·e·s, je te le rappelle), assurons-nous qu'il est réellement impropre à la consommation, veux-tu ?

En effet, il s'agit de différencier DLC (date limite de consommation) et DDM (date de durabilité maximale), anciennement appelée DLUO (date limite d'utilisation optimale).

La DLC doit être strictement respectée puisqu'ensuite, le produit présente un risque sanitaire. On la retrouve souvent sur le poisson, la viande ou encore les plats déjà cuisinés, et elle est souvent accompagnée d'une date fixe de péremption ou de la mention « à consommer avant le... ».

La **DDM**, elle, est plus souvent notée comme « à consommer de préférence avant le… », et peut être dépassée à condition que l'emballage soit resté intact (c'est-à-dire qu'il ne soit pas bombé, que le pot fasse bien « ploc » lorsqu'on l'ouvre, par exemple). Mais on peut la dépasser de combien alors ?

- Si la DDM présente une date avec le jour, le mois et l'année, tu peux dépasser jusqu'à 3 mois après cette dernière.
- Si elle indique le mois et l'année seulement, tu peux dépasser de 18 mois.
- S'il n'y a que l'année inscrite, tu peux dépasser de plus de 18 mois.

Date dépassée ou non, il est aussi important de te (re)connecter à tes sens pour détecter s'il y a une anomalie ou non : si tu détectes un visuel, une odeur ou un goût différent, fais-toi confiance et évite-toi une intoxication s'il te plaît. (Faudrait quand même que tu termines la lecture de ce livre, hein !)

POUR ALLER PLUS LOIN :

LIVRES

- ***Nous sommes ce que nous mangeons***, Jane Goodall, Actes Sud, 2012.
- ***La Fin de l'alimentation***, Wilfried Bommert et Marianne Landzettel, Vuibert, 2019.
- ***Un régime pour la planète***, Élisabeth Laville et Marie Balmain, Pearson, 2007.
- ***Le précis du compost, Les cahiers du jardinier***, Marabout, 2018.
- ***Steakisme, en finir avec le mythe de la végé et du viandard***, Nora Bouazzouni, Nourriturfu, 2021.
- ***Faiminisme, quand le sexisme passe à table***, Nora Bouazzouni, Nourriturfu, 2017.

DOCUMENTAIRES

- ***Cowspiracy*** (2014).
- ***The Game Changer*** (2019).
- ***Earthlings*** (2005).
- ***Seaspiracy*** (2021).
- ***Kiss the Ground*** (2020).
- ***Demain*** (2015).
- ***Décolonisons l'écologie*** (2021).

SÉRIE

- ***Rotten*** (2018).

FILM

- ***Okja*** (2017).

TES NOTES

TES NOTES

Sortir de chez soi

Sortir de chEz soI

On s'est attardé en long, en large et en travers sur les différentes pièces de la maison, mais il reste une inconnue dans l'équation : l'extérieur. Parce que l'écologie chez soi, c'est bien sympa, mais il s'agirait de pouvoir :

- être en mesure de la prolonger socialement en évitant de perdre ses proches ;
- se rassembler avec d'autres humain•e•s pour agir en collectif.

C'est d'autant plus essentiel lorsque l'on sait qu'un•e citoyen•ne engagé•e individuellement (ne) fait baisser son empreinte carbone (que) de 25 % environ. Un chiffre non négligeable, certes, mais insuffisant, tu en conviendras[1]. En gros, les trois quarts restants dépendent davantage des entreprises, de l'État, des initiatives à plus grande échelle, comme les zones à défendre (ZAD), que du tri quoi.

Alors là, tu vas me dire : « Ah bah d'accord Celia, tu nous ponds des pages et des pages de conseils pratico-pratiques pour finalement nous dire que ça ne sert à rien ?!

TRAÎTRESSE ! REMBOURSEZ !!! »

Allez, tout le monde range ses fourches. Je ne crois pas à une réflexion binaire qui opposerait « les petits gestes vont nous sauver » à « c'est complètement inutile ». J'imagine plutôt cela comme une valse, qui va et vient.

1. https://www.carbone4.com/wp-content/uploads/2019/06/Publication-Carbone-4-Faire-sa-part-pouvoir-responsabilite-climat.pdf

Certes, l'engagement individuel ne suffira pas, mais grâce à lui, il est possible :

- d'accorder ses valeurs avec ses actions au quotidien, ce qui est franchement agréable ;
- de se sensibiliser progressivement à des sujets plus grands que sa propre échelle, telles que les problématiques économiques, politiques, sociétales… ;
- de donner des idées à son entourage en les rendant implicitement témoins de tes avancées, de tes questionnements, de tes changements puisque, SCOOP, l'inspiration est bien souvent plus efficace que la persuasion.

Dans l'espace public, rien ne reste vraiment personnel : tes actions rayonnent, intriguent, créent de la discussion. Lorsque tu glisses ton croissant dans ton sac en tissu à la boulangerie, non seulement tu réduis tes déchets, mais tu envoies l'information aux autres client•e•s. Et hop ! Une pierre, deux coups (j'avais envie de caser cette expression depuis le chapitre 1, me voilà comblée).

Alors, comment partager un p'tit repas dans un parc sans repartir avec autant d'emballages que de piqûres de moustiques ?

Comment organiser des soirées aussi stylées qu'écoresponsables ?

Comment partir en vacances sans ruiner tous ses efforts de l'année passée ?

Comment rejoindre des collectifs pour voir plus loin que le bout de son nez ?

C'est parti, on lace ses chaussures comme Franklin (bien qu'il ne porte aucun soulier, mais passons cette absurdité) et on sort !

LE PIQUE-NIQUE

Indémodable des beaux jours, toujours acoquiné avec sa pote la nappe à carreaux (et la guêpe dans l'assiette, pourtant jamais invitée), c'est LE moment convivial par excellence : on grignote, on flâne sous les doux rayons du soleil et on prend le temps de s'engueuler en jouant aux cartes. De quoi repartir l'esprit léger... mais les bras chargés. Entre les paquets de chips, les assiettes en carton et les tomates cerises dans les boîtes en plastique, la poubelle est pleine. Forte de nombreuses expériences dans ce domaine, j'ai aiguisé plusieurs techniques pour repartir les mains dans les poches (enfin, façon de parler, ramène tout de même tes affaires et tes potentiels enfants chez toi, hein).

Certes, ces règles peuvent alourdir ton esprit et ton tote bag, mais :

- tu n'es pas obligé·e de toutes les suivre d'un coup (petit à petit, l'oiseau, le nid, tout ça) ;
- tu peux transmettre les commandements aux autres participant·e·s afin de répartir les éléments à apporter et éviter de porter la charge (mentale) seul·e ;
- tu peux proposer de cuisiner ensemble afin de partager ET un bon moment ET le temps de préparation, le tout dans la joie et la bonne humeur (c'est mieux, quand même).

LES 10 COMMANDEME
DU PIQUE-NIQUE
PLUS RESPONSABI

1/ Cuisiner toi-même tu préféreras.

2/ La lunch box, ta meilleure amie deviendra.

3/ De la vaisselle réutilisab tu utiliseras.

4/ Le couteau suisse tu dégaineras.

5/ Des serviettes en tissu tu apporteras.

6/ Une gourde chacun ramènera.

7/ Tes sandwichs dans du tissu alimentaire tu emballeras.

8/ Dans un cabas, ton pique-nique tu transporteras.

9/ Tes propres chips tu feras.

10/ Rien derrière toi tu ne laisseras.

IDÉES DE PLATS SIMPLES ET EFFICACES

- Des salades (de pâtes, de riz, de pommes de terre, taboulé).
- Des trucs à tartiner (de la tapenade, du caviar d'aubergine, du houmous, de la crème de tomates séchées).
- Moult quiches, tartes et autres cakes.
- Des gâteaux, des cookies pour aussi satisfaire les becs sucrés.
- Des boissons dans des gourdes et bouteilles en verre (citronnade, limonade, thé, tisane, eau...).

La limite sera ton imagination (et ton temps libre, ce que tu as dans ton frigo, tes talents en cuisine, mais tu as saisi l'idée).

Last but not least : si l'on s'est attardé sur la sobriété de son pique-nique avant / pendant / après, il est indispensable de respecter les lieux dans lesquels on l'effectue. On évite d'écraser de jolis parterres de fleurs et de s'installer dans des endroits fragiles, tout aussi photogéniques soient-ils. La nature est déjà sympathique de nous accueillir sans demander de contrepartie, alors laissons-la intacte !

CHIPS MAISON

Choisis des pommes de terre plutôt farineuses qui tiendront bien la cuisson et n'absorberont pas trop d'huile puis, une fois épluchées, coupe-les très finement (si tu as une mandoline, c'est mieux, sinon à l'ancienne au couteau). Ensuite, rince-les plusieurs fois pour bien enlever l'amidon puis éponge-les avec un torchon propre pour les sécher. Fais chauffer ton huile de colza / tournesol / d'arachide (bref, une huile neutre) à 160 °C, puis fais-y revenir quelques tranches de pomme de terre. Hop, tu remues, tu attends quelques minutes qu'elles dorent bien puis tu les disposes sur un torchon ou sur du sopalin réutilisable pour que ça absorbe le gras. Après cuisson, tu peux ajouter du sel et les épices qui te font plaisir (paprika, herbes de Provence...) et basta ! Plus qu'à mettre dans un Tupp pour les transporter. Régale-toi !

Film alimentaire zéro déchet

Que ce soit pour transporter ton sandwich sans foutre de la sauce partout dans ton sac ou pour éviter que ta moitié d'oignon ne sèche plus vite que ta peau en hiver, le papier d'aluminium est une belle invention. Mais avec son utilisation unique, il nous fait perdre de l'argent et remplit nos sacs poubelle inutilement. Eurêka ! Bibi est là pour te montrer que tu peux te tourner vers une alternative maison, facile et réutilisable (oh nooon, pas une standing ovation encore, je suis gênée).

Tu vas prendre un tissu en coton léger, et pas du synthétique surtout, tu traces la taille et la forme du tissu que tu veux, en prenant exemple sur les plats que tu possèdes. Découpe tout ça et dispose tes tissus sur une plaque de four avec du papier de cuisson (réutilisable, c'est encore mieux). Et avant d'enfourner pendant 4 minutes à 100 °C (th. 3/4), dispose généreusement dessus des copeaux / paillettes de cire d'abeille – ou de cire végétale pour la version vegan – que tu peux trouver dans les magasins bio. Elles vont fondre et imbiber ton tissu ce qui le rendra malléable pour prendre les formes que tu souhaites et bien entourer tes aliments. Une fois les 4 minutes de cuisson passées, laisse sécher quelques secondes sur un fil à linge et rince-le à l'eau froide avant de le ranger dans ton armoire ! Et bim, tu as tes propres emballages maison qui ne nécessiteront que quelques retouches de cire au fur et à mesure de leur utilisation. 😊

LES SOIRÉES ET FESTIVALS

Il est temps de me dévoiler : je suis un oiseau de nuit.

VOILÀ, C'EST DIT

J'adore danser jusqu'au petit matin, aller en concert les pieds dans la boue et dégainer mes plus beaux apparats pour briller dans la pénombre.

Mais derrière les strass et les paillettes se cache une réalité plus sombre. Si la semaine je réussissais à accorder ma façon de vivre avec ma façon de penser, tout s'envolait le week-end avec la bringue : entre les gobelets en plastique, les sodas pour diluer l'alcool fort, l'essuie-tout pour les verres renversés, les montagnes de canettes de bière, on en vient à se demander s'il est compatible de festoyer et militer. Tu me connais maintenant, on va tenter de conjuguer tout ça au plus-que-parfait (blague littéraire, je le concède).

Comment faire la teuf jusqu'au bout de la nuit sans devenir un démon de minuit de l'écologie ?

- S'équiper d'une vaisselle durable et miser sur la formule buffet-tout-le-monde-se-sert-dans-les-plats si l'on a peur de la casse ou qu'on manque d'assiettes.
- Se fournir chez des producteurs locaux pour la boustifaille, de même pour les boissons (alcoolisées ou non) en se tournant plutôt vers des élixirs artisanaux (+ 12 points si les contenants sont en verre, + 35 points s'ils sont consignés).
- Cuisiner si possible maison, et demander aux convives de ne pas venir les mains vides, les bougres.
- Pour décorer, utiliser / détourner ce que l'on possède déjà, on interpelle les autres participants•e•s de la beuverie pour apporter leurs lumières, chemins de table et autres fantaisies, on confectionne soi-même, etc.
- Préparer un kit de nettoyage naturel et zéro déchet pour le lendemain : vinaigre blanc, lavette lavable, bicarbonate de soude, eau chaude et BEAUCOUP d'huile de coude.

Et là, tu crois que tu es sorti·e d'affaire. Si je puis me permettre, quelle naïveté ! Tapi dans l'obscurité, se planque un monstre encore plus effrayant que les anniversaires, les fêtes et les dîners mondains : les festivals. En ajoutant les dimensions « se déplacer », « se nourrir », « se laver » et « dormir » aux réjouissances, c'est autant de nouveaux paramètres à prendre en compte.

MES INDISPENSABLES pour aller en festival

- **CENDRIER JETABLE**, pour soi ou pour les autres.
- **PAILLETTES BIODÉGRADABLES**, parce que la vie est trop courte pour s'empêcher de luire (je te conseille la marque Si si la paillette).
- **CHAUSSURES CONFORTABLES ET D'OCCAS'**, pour les salir à sa guise.
- **CASQUETTE DE SECONDE MAIN**, pour éviter les insolations.
- **GOBELET RÉUTILISABLE** à dégainer au bar plus vite que son ombre.
- **LAMPE TORCHE DYNAMO**, pour retrouver son chemin dans la brume (de la nuit, ou de ta tête).
- **SAC-POUBELLE**, pour ne pas laisser de déchets dans un coin.
- **BOUCHONS D'OREILLES RÉUTILISABLES**, pour protéger son ouïe durablement.
- **PAIN DE SAVON**, pour enlever la crasse des danses endiablées.
- **DENTIFRICE SOLIDE AVEC BROSSE À DENTS À TÊTE INTERCHANGEABLE**, pour continuer d'avoir une vie sociale.
- **SAC À DOS SÉCURE**, pour éviter de rentrer chez soi les mains vides ; le minimalisme c'est top, mais c'est mieux lorsque c'est choisi.
- **UN CADENAS POUR SA TENTE / VALISE**, se référer au point précédent.
- **UN CHARGEUR DE PORTABLE SOLAIRE OU À MANIVELLE**, pour avoir suffisamment de batterie pour retrouver tes potes (parce que tu vas les perdre, c'est sûr) (enfin, dans le festival, hein).
- **DU MATÉRIEL DE CAMPING** que tu auras récupéré à droite à gauche ou dans lequel tu auras investi si tu penses le rentabiliser régulièrement, parce que la nuit à la belle étoile, c'est surtout stylé dans les films.
- **TA TROUSSE DE TOILETTE ZÉRO DÉCHET** (cf. chapitre 1).
- **UN COUTEAU SUISSE**, parce qu'il y a trop d'options dedans pour qu'aucune ne te serve.
- **UN BILLET DE TRAIN** pour t'y rendre, ou des potes avec qui faire un covoit'.

C'EST QUOI ÇA, LA FOMO ?

De l'anglais « *fear of missing of* », c'est un syndrome qui désigne la peur de manquer quelque chose, notamment si l'on ne se rend pas à un événement social quelconque. Cette anxiété pousse à accepter des propositions de sorties non pas par réelle envie mais pour éviter de se sentir exclu·e du groupe, jugé·e, abandonné·e. Avec les réseaux sociaux qui permettent de voir les faits et gestes de chacun·e, ce phénomène s'est davantage accentué en alimentant l'impression que des choses extraordinaires se passent là où on n'est pas. Je vais faire ma vieille bique trois secondes : tu ne loupes jamais rien. Tes véritables ami·e·s veulent te savoir en phase avec tes préférences, ton envie du moment, que ce soit rester à regarder un film dans ton lit ou sortir jusqu'au petit jour. Se forcer n'est clairement pas la clé d'une interaction réussie, dans n'importe quelle situation, donc écoute-toi (et coupe ton téléphone).

LA VENTE À EMPORTER

Ces dernières années, les applications de livraison de nourriture ont explosé, avec en moyenne plus d'une commande par semaine pour les moins de 35 ans[2]. En même temps, la formule est on ne peut plus alléchante : rapide, généralement économique, plus besoin de se déplacer au restau, on peut manger sur son canap' un burger gras et chaud.

Tu le sens arriver le « mais » ?

Derrière le côté pratique et réconfortant se planque une montagne d'emballages, d'emplois plus que précaires et de firmes agro-alimentaires peu reluisantes. Es-tu prêt·e à te priver ad vitam æternam de la pizza du samedi soir pour le bien de l'Humanité ? Si comme moi tu as eu des frissons à t'imaginer « plus jamais je commande », il se peut qu'une option moins radicale existe.

Obstacle de taille : difficile d'imaginer une livraison non emballée. Disons que ce n'est pas super pratique de se passer le plat de mains en mains, n'est-ce pas ? S'il existe quelques rares enseignes qui proposent des contenants recyclables, réutilisables, voire consignés, la plupart ne proposent que des emballages à usage unique qui ne pourront être revalorisés puisque souillés. La solution la plus efficace pour « contrôler » au mieux la quantité de déchets que notre repas va engendrer, c'est d'aller le chercher soi-même. Certes, on perd un peu la notion de flemmardise à son paroxysme puisque cela nécessite de se déplacer, mais tu seras gagnant·e sur 3 points :

- ce sera encore moins cher, puisque tu ne paieras pas la course ;
- ça te fera prendre un peu l'air (et ce n'est jamais une mauvaise idée) ;
- tu pourras apporter tes propres contenants pour demander à mettre directement ta commande dedans.

Puisque oui, la plupart des restaurateur·rice·s acceptent volontiers les sacs à vrac pour les sandwichs, les Tupperware pour les kebabs et même les cartons à pizza réutilisables pour ta margherita, trouvables sur l'Internet mondial.

2. www.lemonde.fr/economie/article/2021/03/31/deliveroo-un-ogre-a-l-equilibre-economique-fragile_6075077_3234.html

C'EST QUOI ÇA, L'UBÉRISATION ?
Apparu dans le dictionnaire en 2017, ce phénomène remet en cause le modèle économique classique des entreprises en proposant les mêmes services à prix moindres via des indépendants et non des salariés, le plus souvent sur des plateformes numériques. En gros, la relation client·e·s-prestataires est directe, la rémunération se fait à la tâche et les personnes concernées, ici les livreur·se·s, ne sont pas protégé·e·s par le statut de salarié·e : précarité, insécurité, salariat déguisé... le plat est salé. Pour contrebalancer, des alternatives plus respectueuses de l'environnement et des travailleur·se·s sont nées dans plusieurs villes, proposant de livrer des restaurants éthiques qui s'engagent à réduire le plastique et à rémunérer plus justement et stablement les différent·e·s acteur·rice·s de l'initiative.

Je ne vais pas te mentir. Tu risques de devoir essuyer quelques refus lorsque tu demanderas s'il est possible d'embarquer tes gourmandises par tes propres moyens : qui de l'hygiène, de l'incompréhension, de la flemme, du climatoscepticisme... l'imagination est sans limites lorsqu'il s'agit de dire non. N'en démords pas, certain·e·s commerçant·e·s seront aussi ravi·e·s qu'intrigué·e·s par ta démarche et instaureront peut-être même certains gestes au sein de leur établissement !

LES DIFFÉRENTES TECHNIQUES DE DEMANDE

LA « PAS ASSEZ RAPIDE »

LA GALÉRIENNE

LA SUPER ORGANISÉE

LA FONCEUSE

LA TIMIDE

LES VACANCES

Il fait chaud, il fait beau, les oiseaux chantent, **CE SONT LES VACANCES, BABY !**

Si tu as la chance de pouvoir prendre quelques jours de repos dans l'année, il y a plusieurs questions auxquelles tu pourras difficilement échapper :

- où partir ?
- comment y aller ?
- quel mode de vie peut y être envisagé ?
- quel parfum de glace choisir ? (Oui, c'est un vrai dilemme.) (Prends sorbet citron.)

Afin de ne pas s'éparpiller, sachant que j'ai un bac + 3 « emmêlage de pinceaux », on va y aller par étapes, de la préparation de la valise jusqu'au blues du retour (navrée, tu n'y échapperas pas, je n'ai pas la solution à tout non plus).

La destination

Commençons par le début. Pour beaucoup, vacances riment avec dépaysement. Pour cause, les congés ont été pensés comme une opportunité de s'évader, de s'écarter le plus possible du quotidien.

Quoi de plus efficace que de partir au bout du monde pour être sûr·e d'être complètement déconnecté·e de notre réalité 🙃 ?

Si l'on peut déjà s'interroger sur la manière dont la société nous a appris à considérer notre existence, qui consisterait à compenser la majeure partie du temps où l'on s'ennuie/trime par quelques jours hors notre quotidien, avons-nous besoin de faire des milliers de kilomètres pour trouver ce que l'on cherche ? Et que cherche-t-on au juste ?

À penser que l'herbe est plus verte ailleurs, on en oublie les fleurs de notre propre jardin. Et si la première étape d'un voyage plus éthique était de se reconnecter davantage à ce qui nous entoure ? De sortir de cette vision productiviste et consumériste du voyage qui incite à « faire » des villes, à cocher des destinations comme les tâches d'une journée, à gratter des cartes du monde à chaque nouveau pays visité, davantage pour le dire que pour le vivre ?

Armons-nous de curiosité pour découvrir les trésors nichés à quelques kilomètres de nous, en fouillant les guides touristiques et autres cartes, et partons à la découverte de notre patrimoine qui saura, j'en suis sûre, surprendre.

Le transport

Eh oui, il fallait bien que cela arrive. C'est le moment où l'on va parler avion, kérosène et empreinte carbone, quatre mots pas franchement réjouissants (disons que je n'appellerais pas mes chats comme ça, quoi).

Avec la mondialisation, les échanges de marchandises et les déplacements professionnels se sont grandement multipliés. En France, les transports sont la première source d'émissions de gaz à effet de serre, et ces dernières sont en constante augmentation avec + 11 % depuis les années 1990[3].

En moyenne, un avion émet par trajet 125 fois plus de dioxyde de carbone qu'une voiture individuelle, et 1 500 fois plus qu'un déplacement en train[4]. Et je ne parle même pas de l'ozone (pas le groupe de musique hein, un autre gaz à effet de serre) et des cirrus (nuages de haute atmosphère), tous deux émis par le trafic aérien, qui viendraient multiplier par deux les données de l'impact climatique des avions si on les prenait en considération dans les calculs.

L'Ademe a proposé un tableau comparatif, et étant bien urbaine, je te le retranscris avec une joie non dissimulée pour que tu puisses bien visualiser les différents impacts.

3. https://librairie.ademe.fr/cadic/657/guide-pratique-mobilite-10-questions.pdf?modal=false
4. www.geo.fr/environnement/un-trajet-en-avion-est-1-500-fois-plus-polluant-quun-voyage-equivalant-en-tgv-195580

TABLEAU COMPARATIF
DES DIFFÉRENTS MODES DE DÉPLACEMENT

Les calculs sont basés sur un hypothétique trajet domicile-travail de 4 km aller-retour sur 215 jours pour les moyens de transport en bleu, puis sur un trajet aller-retour de 500 km pour les moyens de transport en rouge[5].

La marche, les rollers, le vélo et les trottinettes (non électriques)	0 émission de CO_2
Tramway	2,66 kg de CO_2
Métro	3,26 kg de CO_2
RER	3,35 kg de CO_2
Transilien	5,50 kg de CO_2
TER	25,11 kg de CO_2
Autocar	50,31 kg de CO_2
Moto moyenne	110,68 kg de CO_2
Bus moyen	111,8 kg de CO_2
Voiture moyenne	221,45 kg de CO_2
TGV	3,2 kg de CO_2
Trains grandes lignes	11,80 kg de CO_2
Autocar	58,50 kg de CO_2
Moto moyenne	136,20 kg de CO_2
Avion (navette)	144,60 kg de CO_2
Avion (court courrier)	145,50 kg de CO_2
Voiture moyenne	170,60 kg de CO_2
Avion (liaison régionale)	241,50 kg de CO_2

En gros, pour de courtes distances régulières, les transports les moins polluants (hors moyens non motorisés) sont le tramway, le métro et le RER, le plus polluant étant la voiture. Pour les longues distances, c'est le TGV qui est de loin le moins lourd écologiquement, et l'avion en trajet régional qui émet le plus de CO_2.

Avec la médiatisation des conséquences écologiques du secteur des transports, plusieurs compagnies aériennes ont proposé une compensation carbone pour chaque déplacement en avion effectué. Le principe : financer des projets de réduction ou de séquestration de carbone pour contrebalancer l'émission de son propre trajet. Bien que ce principe suive des règles strictes développées par WWF, il fait l'objet de nombreuses critiques, dont le fait qu'il permettrait surtout de se donner bonne conscience. En définitive, réduire voire arrêter de prendre l'avion est bien plus efficace que de donner 50 euros à une entreprise qui plante des arbres, en gros.

5. https://www.consoglobe.com/les-14-modes-de-transport-les-moins-polluants-cg

Le logement

Lorsque l'on pense « vacances plus respectueuses de l'environnement », on pense rarement au type de location qu'il faudrait préférer. Pourtant, les hôtels ne sont pas exempts de toutes critiques, entre le chauffage, la climatisation, les repas (et le potentiel gaspillage alimentaire), la blanchisserie, les divers éléments à usage unique à disposition dans les chambres (gobelets en plastique pour le brossage des dents, miniatures de shampoing, etc.), l'électricité ou encore les produits ménagers utilisés.

De fait, certains établissements ont décidé de modifier leur fonctionnement pour correspondre davantage aux enjeux actuels. Certains labels, comme Green Key, attestent de cette démarche en assurant une gestion responsable de l'énergie et de l'eau, une réduction générale des déchets, une majorité d'achats responsables tant dans l'alimentaire, la literie ou les produits d'entretien et une sensibilisation de la clientèle.

Autre alternative, les logements privés : location, maison secondaire à soi ou à ses proches, chez l'habitant, en *couchsurfing*, ces options peuvent être plus économiques et plus compatibles avec une vision plus responsable des vacances. Certain·e·s préféreront même se rendre dans des écolieux, *aka* une agglomération qui repose sur un modèle économique alternatif où l'écologie et la solidarité sont les préoccupations principales. Dans un idéal d'autosuffisance, certains de ces lieux proposent des séjours à des volontaires qui souhaiteraient y loger quelque temps en échange de mettre la main à la pâte, que ce soit en jardinant, cultivant, bricolant, cuisinant ou encore en proposant des ateliers.

Dernière option, et non des moindres : la tente. Pas d'électricité, pas de chauffage, pas de gaspillage d'eau, rien que toi, ton sac à viande, la nature et le kiff (enfin, s'il ne pleut pas trop).

La valise

On sait la destination où on se rend, on a également choisi où loger, mais qu'emmène-t-on pour passer de chouettes moments sans :

1. s'encombrer.
2. tout dégueulasser ?

Liste non exhaustive

DES AFFAIRES À GLISSER DANS SA VALIS[E]
POUR VOYAGER PLUS RESPONSABLEMEN[T]

- Un **BRUMISATEUR RECHARGEABLE**, pour se rafraîchir sans limites.
- Une **CRÈME SOLAIRE ÉTHIQUE**, pour éviter de défoncer sa peau, les poissons et les coraux.
- Une **GOURDE**, pour être toujours correctement hydraté·e.
- Des **SACS À VRAC**, pour continuer sa démarche zéro déchet même sous le soleil.

- Sa **TROUSSE DE TOILETTE** avec des produi[ts] éthiques, solides et durables (et on ne zappe [pas] ses protections périodiques si besoin !).
- Du **GEL D'ALOE VERA**, si coup de soleil il y a.
- 1 **BOÎTE EN INOX ET DES COUVERTS**, pour transporter un repas.
- Des **MOUCHOIRS EN TISSU**, pour s'essuyer après un repas, pour se moucher si rhume, pour essuyer ses larmes si chagrin d'amour.
- Une **TROUSSE À PHARMACIE** avec tous tes essentiels, naturels ou moins (genre de quoi soulager les maux de têtes / ventre, des pansements, un tire-tique ...)

ANTI-MOUSTIQUES NATUREL

Dans un petit récipient en verre, mets 25 gouttes d'huile essentielle de lavande ou de citronnelle, 2 cuillères à soupe d'huile végétale et 1 cuillère à soupe d'aloe vera. Remue bien et tamponne quelques gouttes sur ta peau ou tes vêtements au besoin. Pour une version sans HE, notamment pour les enfants ou en cas de grossesse, tourne-toi plutôt vers des hydrolats : dans un flacon de 200 ml stérilisé, mélange 50 ml d'hydrolat de basilic, 50 ml d'hydrolat de mélisse, 50 ml d'hydrolat de menthe poivrée et 50 ml d'hydrolat de romarin, le tout bio si possible, tu n'auras qu'à vaporiser le mélange sur la peau et laisser sécher !

5 MARQUES DE crèmes solaires écoresponsables

- LABORATOIRES BIARRITZ
- NIU
- RESPIRE
- WE LOVE THE PLANET
- ALPHANOVA

Les activités

Les vacances, c'est souvent l'occasion de tester des nouvelles choses, qu'elles soient culturelles, sportives, insolites. Quels sont les choix à notre disposition qui permettent de s'amuser tout en préservant l'environnement dans lequel on se trouve ?

- La randonnée à pied.
- La randonnée à vélo.
- Planche à voile, surf, pédalo, canoë et autres activités aquatiques qui ne nécessitent que les vagues / le vent / ta force pour avancer.
- Visiter des villages, des fermes et productions locales.
- Les activités de grimpe comme l'accrobranche, l'escalade, la via ferrata.
- Aller dans des musées et jardins botaniques (et éviter les zoos).

En définitive, l'idée d'un voyage plus écologique nécessite de l'envisager avec plus de lenteur, plus de conscience, plus d'essentialité afin de vivre l'instant présent sans surproductivité et surconsommation. Personnellement, ça m'inspire plus le repos, ce que sont initialement des vacances, que des croisières au planning surbooké ou des safaris dans des groupes de 30 personnes,

NON ?

TOP 5 DES PIRES ACTIVITÉS À FAIRE EN VACANCES

1. Les spectacles d'animaux aquatiques, qui sont obligés de répéter les mêmes chorégraphies à longueur de journée dans des bassins inadaptés, sous peine d'être privés de nourriture.
2. Les activités nautiques motorisées, comme le jet-ski, dont le bruit perturbe la faune marine.
3. Les promenades à dos de chameau ou d'éléphant, qui sont dressés par la torture.
4. La nage avec les dauphins et autres animaux aquatiques, qui ont été au préalable capturés dans la nature et restent captifs toute leur vie.
5. Les séances photos avec les animaux sauvages, qui sont mutilés et drogués pour être dociles.

LES ASSOCIATIONS

Comment terminer ce chapitre sans parler des collectifs ? Lorsque l'on entame une transition écologique, vient très souvent le moment où l'on a envie de dépasser les petits gestes du quotidien en adoptant une vision plus globale et collective de la lutte. Non seulement cela permet de ne pas se sentir seul·e en rencontrant d'autres individus animés par les mêmes problématiques que soi, mais cela permet aussi de voir des initiatives plus importantes prendre vie. Tu connais le dicton : « Plus on est de fous, plus on renverse le système afin de mettre la préservation de l'environnement au cœur de toutes les priorités. » (Comment ça, ce n'est pas ça le dicton ?)

Pour ce faire, de nombreuses associations ont vu le jour pour rassembler les forces individuelles et sensibiliser ou agir : création de composts collectifs de quartier, tenue d'ateliers éducatifs dans les établissements scolaires, ramassage de déchets sur la terre ou en mer, accompagnement d'entreprises dans leur transition écologique, actions juridiques… la limite est le ciel, en somme.

Deux interrogations principales : comment se dégager du temps, et quelle association choisir ?

Déjà, il existe plusieurs façons de participer à des actions collectives afin que chacun·e puisse trouver la meilleure manière d'adhérer tout en prenant en compte ses contraintes personnelles de disponibilité et d'argent. Pour avoir une idée des besoins d'une association, la plupart proposent plus ou moins régulièrement des réunions pour les nouvelles personnes adhérentes afin de présenter le collectif et lister les besoins auxquels on peut répondre. Une bonne manière de prendre la température, de rencontrer les différent·e·s acteur·rice·s et de voir si cela t'inspire.

En gros, il existe 4 façons principales de s'investir dans un collectif :

- en l'aidant financièrement ;
- en le rejoignant ponctuellement pour mener à bien des projets ;
- en intégrant l'association pour mettre en place diverses actions ;
- en relayant les informations de ce collectif pour lui apporter de la visibilité.

À toi de voir si l'une de ces possibilités te semble envisageable !

Tu vas me dire : « Ok Celia, c'est super tout ça, j'ai effectivement 2 heures de temps libre par mois, mais je vais où, je fais quoi,

AIDE-MOI, JE T'EN PRIE. »

Calm down ! Je vais te donner quelques exemples d'associations que tu pourras certainement trouver près de chez toi, en espérant qu'une ou plusieurs d'entre elles sauront faire battre ton p'tit cœur tout mou.

Liste non exhaustive

D'ASSOCIATIONS ET D'INITIATIVES ÉCOLOGIQUES

- LA FRESQUE DU CLIMAT : pour devenir animateur·rice d'un jeu de cartes ludique pour apprendre à des volontaires, au sein d'écoles ou encore d'entreprises, la chaîne des causes et des conséquences de la crise climatique.
- ZÉRO DÉCHET FRANCE (qui possède des antennes dans de nombreuses villes) : pour faire avancer les politiques publiques et les réglementations autour de la réduction des déchets.
- LES PETITES CANTINES (présentes dans plusieurs villes) : elles proposent des ateliers de cuisine participatifs, durables et à prix libre pour recréer du contact et favoriser l'insertion sociale.
- AGIR POUR L'ENVIRONNEMENT : elle réunit scientifiques, journalistes et militant·e·s pour faire pression sur les responsables politiques et économiques via des campagnes d'actions.
- SEA SHEPHERD : elle protège les écosystèmes marins en agissant sur le terrain grâce à une flotte de 5 navires.
- L214 : elle propose des enquêtes filmées pour médiatiser les conditions de vie et d'abattage des animaux
- TIME FOR THE PLANET : mouvement citoye qui finance et met en lumière des innovation écologiques.
- LES RESSOURCERIES ET RECYCLERIES : elles visent à créer une synergie citoyenne où l'on échange des compétences, où on favorise l'emploi solidaire et la sensibilisation à l'environnement.
- LES DISCOS SOUPES : idée solidaire et festiv qui lutte contre le gaspillage alimentaire tout en se réappropriant l'espace public de maniè ludique et joviale.
- CLIMATES : laboratoire d'idées et d'actions à portée internationale grâce à des volontaires étudiant·e·s et jeunes professionnel·le·s.
- EXTINCTION REBELLION : mouvement international d'actions de désobéissance civile pour inciter les gouvernements à agir.
- YOUTH FOR CLIMATE : elle crée du lien entre les différentes mobilisations écologiques et solidaires locales afin de référencer les initiatives militantes en France.

N'hésite pas à te renseigner auprès de ta mairie ou lors des rentrées associatives afin de découvrir celles qui sont spécifiques à ta région !

TES NOTES

POUR ALLER PLUS LOIN :

LIVRES

- ***Ils changent de monde, 1001 initiatives de transition écologique***, Rob Hopkins, Le Seuil, 2014.
- ***Colibri et après***, Marie Petit, Leduc, 2021.
- ***On ne sauvera pas le monde avec des pailles en bambou***, Anaëlle Sorignet, De Boeck Sup, 2020.
- ***L'Écologie décoloniale***, Malcom Ferdinand, Le Seuil, 2019.

Ton EspaCe

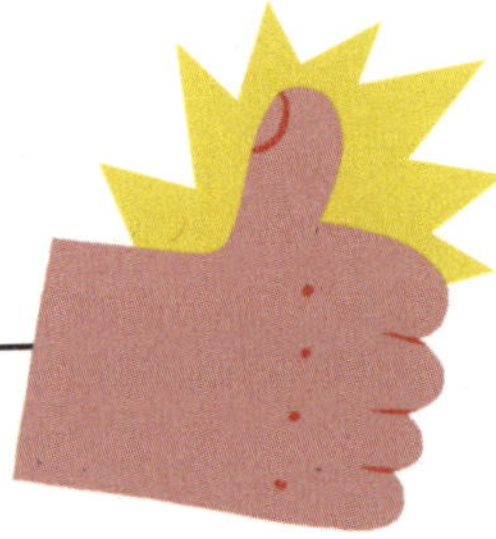

J'ai pris beaucoup de place jusqu'ici, oui.
Un jour, un camarade de classe m'a dit : « Qu'est-ce que tu fais du bruit pour ta taille ! » Bon, ce n'était pas un camarade. Mais il est vrai que j'ai la fâcheuse tendance de parler, parler et encore parler, sans trop savoir m'arrêter.
Et comme il paraît que le changement, c'est maintenant, ici, c'est ton chapitre : saisis tes crayons et ton imagination puis écris, gribouille, dessine, joue, planifie, déchire même si tu veux (non, ne fais pas ça, j'ai bossé trop dur).
Sens-toi libre de t'approprier les prochaines pages afin que cette aventure humaine et écologique t'appartienne <3

MAI

SAVOIR FERMER LES BOUCHES

Lorsque l'on commence à se renseigner et à agir en faveur de la préservation de la biodiversité et de la justice sociale, on voit se dessiner une sorte de tourbillon rouge sur notre front : tout à fait Jamy, C'EST UNE CIBLE. Effectivement, en prenant ce chemin, tu risques de croiser de nombreux·ses détracteur·rice·s : au travail, dans ta famille, dans ton cercle familial, sur Internet…

Le danger est PARTOUT ! Pas de panique, avec les débats stériles et les réflexions gratuites que je me suis coltinés depuis plusieurs années, j'ai (quasiment) la réponse à tout. À toi de jouer en reliant les différentes attaques que ~~tu risques~~ tu vas entendre avec la réponse adéquate. 😉

Tu vas avoir des carences en étant végétarien·ne/végétalien·ne !

Tu confonds la météo avec le climat… Le climat résulte d'une tendance sur du long terme (au moins 30 ans) et pas d'un petit épisode neigeux de 10 min à Châtillon-Coligny. Donc, même s'il fait froid aujourd'hui, le GIEC a bien démontré qu'entre 1880 et 2012, la température moyenne globale a augmenté de 0,85 °C[1]. Et, *spoiler alert*, ça ne redescend pas !

On a toujours connu des périodes de réchauffement et de refroidissement climatiques.

En France, 90 % de la consommation du soja est destinée… au bétail. 😊 Eh oui, la majorité de la déforestation en Amazonie a pour but de cultiver du soja OGM pour nourrir les animaux dont on se nourrira plus tard. Le soja destiné à une consommation humaine directe, sachant que les végétarien·ne·s/végétalien·ne·s n'en mangent pas tous les jours, soit dit en passant, est majoritairement produit en Europe, sans organismes génétiquement modifiés, et en beaucoup plus petites quantités.

protéines ou de calcium. Certaines légumineuses, graines et algues contiennent autant, voire plus de protéines qu'un morceau de steak (avec le gras en moins). En revanche, oui, il existe une carence possible dans le régime végétarien/végétalien : la B12. Ne crie pas victoire tout de suite ! Si effectivement certains herbivores produisent de la B12 et peuvent donc en être une source pour nos besoins personnels, la plupart des animaux d'élevage sont supplémentés. Donc, finalement, c'est la vache ou toi qui prend le complément[2]. 😉

Les technologies nous sauveront.

Tu dis que tu es écolo, mais tu as, au choix : un portable, un ordinateur…

Il est effectivement trop tard pour endiguer toutes les conséquences sociales et environnementales du dérèglement climatique. En revanche, il n'y a pas de deadline fatidique. Plus l'on attendra, plus les conséquences seront effectivement terribles, même si les rapports du GIEC[3] affirment qu'il aurait été plus judicieux d'agir il y a 30 ans, nous avons le temps de mettre en place des actions concrètes pour vivre dans des conditions soutenables.

Il est trop tard.

Des périodes de réchauffement et de refroidissement, connues sous le nom de Dansgaard-Oeschger, ont effectivement été observées pendant la période glaciaire. Mais contrairement à ces événements qui réchauffaient l'Atlantique Nord et refroidissaient l'Antarctique, le réchauffement climatique que l'on observe depuis le XIXe siècle concerne tous les océans et les deux hémisphères. En gros, il n'est pas question de cycle naturel ici, mais d'un déséquilibre global important[4].

Il a fait super froid cet hiver, tu parles d'un réchauffement !

Sans parler du fait qu'il serait socialement très compliqué de se passer des technologies, étant donné la place qu'elles occupent actuellement dans nos sociétés (travail, loisirs, administration, etc.), la responsabilité devrait davantage être portée sur les organisations sociétales et gouvernementales que sur l'individu. Je vis forcément avec des dissonances, j'essaie de faire au mieux, mais je ne peux pas porter seul·e le poids de l'inaction climatique. 😊 Lorsque l'on sait que certaines compagnies aériennes font voler 1 800 avions vides pour conserver leurs créneaux, je pense qu'il vaut mieux mettre son énergie là-dedans plutôt que de pointer des détails qui te concernent aussi, qui plus est.

Pfff ! Tu veux arrêter la viande, mais c'est les plantations de soja qui déforestent tout !

1. 4. https://reseauactionclimat.org/reponses-climatosceptiques/
2. www.cahiers-antispecistes.org/les-animaux-emballages/
3. www.ipcc.ch/sr15/

SORTIR DU CAPITALISME

Oh, coucou, humain•e ! Te voilà dans un sacré pétrin : la surconsommation !
Tente de t'en enfuir pour atteindre ton objectif : la consommation durable et raisonnée !
Mais attention : plusieurs obstacles se dressent sur ton chemin, sois prudent•e !

UNE SOCIÉTÉ BASÉE SUR
LE RESPECT DU VIVANT
ET PLUS SUR LE PROFIT POUR
UNE ÉLITE SEULEMENT !!!

1. Obsolescence programmée
2. Discours politique sur l'importance de la croissance économique et sur la concurrence entre États
3. Pub qui donne envie d'acheter
4. PDG qui injecte des milliards pour acheter des études allant dans son sens
5. Psychologue qui étudie le comportement des individus pour créer des stratégies marketing

TES AVANCÉES

(aka les nouvelles habitudes que tu as déjà mises en place, parce que c'est important de s'autoféliciter et de constater le chemin parcouru)

-
-
-
-
-
-
-
-
-
-

TES FUTURS GESTES

(parce que c'est important d'avoir des buts et objectifs pour progresser et s'approcher petit à petit de notre idéal de vie, tel un phare dans la nuit)

-
-
-
-
-
-
-
-
-

LIVRES À LIRE

-
-
-
-
-
-
-
-
-
-
-
-
-
-

FILMS ET DOCUS À VOIR

-
-
-
-
-
-
-
-
-
-
-
-
-
-
-

PODCASTS À ÉCOUTER

-
-
-
-
-
-
-
-
-
-
-
-
-
-
-

DÉFIS À SE LANCER

Changer ses habitudes n'est pas simple, et parfois ce n'est même pas marrant. Étant une grande enfant, j'ai eu besoin d'enrober ce processus sous forme de défis, pour donner un aspect plus ludique, plus joueur et plus compétitif à mon action.

L'IDÉE: te priver d'une habitude pas très écolo pendant une certaine période, à définir selon ton niveau d'addiction à ladite habitude, pour te rendre compte de ce qu'est la vie sans elle, et t'en détacher progressivement.

Voici la liste des défis que j'ai réalisés depuis 2015 et qui, tous, m'ont aidée à réduire, voire me défaire complètement de certains réflexes que j'avais jusqu'ici. À toi de piocher parmi eux ceux qui te semblent utiles et de déterminer la durée nécessaire à un réel changement (1 mois, 3 mois, 6 mois, 1 an...). N'hésite pas à te trouver un·e allié·e, ça te fera une motivation nécessaire (et un garde-fou si l'un·e de vous deux a envie de craquer avant la fin 😉).

- ☐ 1 mois sans supermarché
- ☐ 1 mois en réduisant drastiquement sa consommation d'eau
- ☐ 1 mois vegan
- ☐ 1 mois VRAIMENT sans déchet
- ☐ 1 mois sans alcool
- ☐ 1 mois sans achat neuf
- ☐ 1 mois sans réseaux sociaux
- ☐ 1 mois sans fast-food
- ☐ 1 mois sans acheter de vêtements
- ☐ 1 mois sans nourriture à emporter
- ☐ 1 mois à pied et à vélo
- ☐ 1 mois de tri (où on retire de chez soi un objet par jour)
- ☐ 1 mois sans nourriture transformée
- ☐ 1 mois sans commande en ligne
- ☐ 1 mois sans streaming
- ☐ 1 mois en ramassant les déchets sur son chemin
- ☐ ____________________
- ☐ ____________________
- ☐ ____________________
- ☐ ____________________
- ☐ ____________________

PIMP TA BOUTEILLE

La légende raconte que mieux l'on connaît son ennemi, mieux on le combat. Alors, quoi de mieux que de se mettre dans la peau de *greenwasheurs* compulsifs pour mieux repérer les leurres ? Je te plante le décor : tu es directeur·rice artistique d'une grande marque de shampoing qui préfère investir son argent dans le « paraître éthique et engagé » que dans l'être vraiment. Ton objectif : faire le packaging qui dupera un maximum de belles âmes qui souhaitent mieux consommer. Ne sois pas timide : slogans racoleurs, dessins de feuilles qui volent au vent, pourcentages de client·e·s ravi·e·s, noms de faux produits naturels... too much est le maître mot !
N'hésite pas à partager ta création sur les réseaux sociaux en me mentionnant (@keldechet).

TES NOTES

TES NOTES

TES NOTES

TES NOTES

TES NOTES

TES NOTES

TES NOTES

TES NOTES

TES NOTES

TES NOTES

TES NOTES

TES NOTES

TES NOTES

TES NOTES

TES NOTES

TES NOTES

TES NOTES

cOncLusion

Je n'ai pas la prétention de penser que je vais changer le monde, ni via ce livre, ni par mes petits gestes du quotidien. En revanche, je crois en une émulation collective qui viendra infuser tous les milieux, du plus microscopique au plus macroscopique, du shampoing solide au bouleversement politique et sociétal.

RIEN NE S'EXCLUT, TOUT SE TRANSFORME.

Par ta lecture, et les potentiels changements dans ta manière de vivre et de consommer, tu es un maillon de cette grande chaîne de métamorphoses nécessaires. J'ai hâte que l'on sorte ensemble de notre chrysalide, devenue bien trop rigide et dangereuse, et que l'on devienne un papillon libre et durable (oui, bon, la métaphore vaut ce qu'elle vaut, hein).

La révolution sera écologique, éthique, sociale, globale, ou ne sera pas. Et elle le sera.

ReMerciEments

Ce livre n'aurait jamais pu voir le jour sans plusieurs merveilleuses personnes.

Avant, pendant et après son écriture, elles m'ont épaulée lors de montagnes russes émotionnelles à base de « je ne vais jamais y arriver », « c'est génial, je suis tellement heureuse », « ohlala, je ne suis pas du tout légitime », « c'est incroyable ce qu'il se passe ». Ce résultat, c'est celui d'une équipe, et cette équipe, la voici !

Tout d'abord, je tiens à me remercier. Me remercier de n'avoir jamais rien lâché depuis ce garçon qui, au CP, m'avait dit qu'autrice n'était pas un vrai métier. Merci à moi-même d'avoir toujours cru en ce rêve, aussi fou et impossible pouvait-il paraître. Aujourd'hui, il est toujours aussi fou, mais il est devenu possible.

Merci à Marie, mon éditrice, qui m'a offert cette opportunité de dingue avec cette liberté rare et précieuse.

Merci à Clémentine d'avoir si bien accompagné mes textes de son talent. Je lui ai fait une confiance totale sur l'exercice, et je n'aurais pas pu imaginer de meilleur résultat.

Merci à mes facilitant·e·s de vie, comme je les appelle, celles et ceux qui, depuis des années, rendent ma vie plus douce, plus enrichissante, plus belle : mes ami·e·s d'enfance de Dampierre, les gars de Gif, ma bande de Strasbourg, mes camarades de bac littéraire, ma coloc de païens, mes amours passés et présents. Vous êtes la meilleure famille.

Merci à Monsieur Bailly, mon ancien CPE du lycée de la Vallée de Chevreuse, qui a été, pour la Celia de 16 ans, un pilier.

Merci à mes psys, il y avait du taff, et vous avez géré.

Merci à ma petite sœur, Soy, en toute objectivité la meilleure humaine de cette planète. J'espère te rendre aussi fière de moi que je le suis de toi.

Merci aux zozos d'Instagram, celles et ceux qui sont venu·e·s me rejoindre pour tenter, à notre échelle, de faire bouger les choses avec humour et tolérance. Ma vie d'Internet est géniale grâce à vous.

Et puis merci la vie, d'être chaque jour plus incroyable et plus zinzin. Je n'aurais pas forcément misé dessus il y a quelques années, et aujourd'hui, c'est clairement mon concept préféré ! <3

Celia

58, rue Jean Bleuzen 92178 VANVES CEDEX

Direction : Catherine Saunier-Talec
Responsable éditoriale : Lisa Grall
Responsable de projet : Marie Naudet
Responsable artistique : Cecilia Rehbinder
Révision : Emmanuelle Fernandez
Mise en page et relecture : Seven Imagine, Stéphanie Lairet, Sophie Fabian
Fabrication : Amélie Latsch
Responsable des partenariats : Dana Lichiardopol (dlichiardopol@hachette-livre.fr)
Responsable de la communication : Johanna Rodrigue (jrodrigue@hachette-livre.fr)

Dépôt légal : avril 2022
19-8158-5/01
ISBN : 978-2-01-946378-6
Imprimé en Espagne